解凍的時候

蔡文甫 著

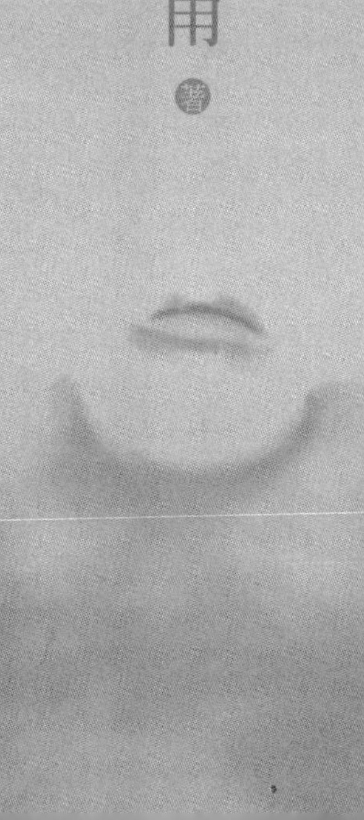

名家推薦

前台大文學院院長朱炎教授：

這些短篇小說，不以刻意求工的技巧取勝。故事情節的敘述，都是那麼生動而自然；而每個主要人物的心態，則靠貼切的對話和意識流的陳述，毫不滯結地表露出來。作者雖然沒有特別著意於刻畫他筆下的主角，但是各篇中那些孤寂、不安而又扭曲的影像，是令人難以忘懷的。

加州大學洛杉磯分校胡志德（Theodore Husters）教授：

有些像〈解凍的時候〉，年紀較大的女子，試想與年輕男子發生感情的糾葛。不管怎樣，結局都不會愉快，都可能形成社會悲劇。但是驚天動地的變動並未發生，書中主角經常以自己的受苦來阻止一個更大悲劇的發生。

蔡文甫這些短篇小說，沒有像一般中國小說中常見的說教。它們描述一個變動很快的社會，在這社會中沒人能清楚知道自己的方向，這種意境在他許多篇寫得非常成功，在女主角身上尤其傳神。

知名散文家、翻譯名家王克難女士：

蔡先生以獨特的體裁寫日常生活中的普通人。每一篇故事都呈現了中國文化及社會的一部分，但其對人性的感化的呈現、有力的想像，及描述在危難中的性格的尖銳，卻是具有普遍性的。

目錄

討論現代人生困境

朱炎

《解凍的時候》這個集子，包括蔡文甫先生的十六個短篇。在讀過頭幾篇之後，我就在心底跟自己說：這些小說中，有幾篇必定是作者的舊作；現在的蔡文甫，絕難寫出這樣的作品來。待我把十六篇一股腦兒讀完，更相信自己的看法不錯，我這個判斷的主要根據有二：其一，這些短篇所表現的感性極高，並且微妙而敏銳得一如風奏之琴（Aeolian lyre）。這種往往為年輕作家所特具的感性，常隨人生閱歷與知性的漸增而遞減。其二，這些小說中的主要角色（如〈放鳥記〉中的大弟、〈距離〉中的胡元坦、〈山高水深〉中的單身漢、〈解凍的時候〉中的徐太太和〈圓舞曲〉中的小李等），大都在墮落的危崖上忍受莫名的惶怵與焦慮，充分表現了年輕人的罪惡感和沉淪的恐懼。這些人物，都有敗壞或犯罪的傾向，但最後終能因一念之轉，而懸崖勒馬。

另外幾篇裡的主角（如〈生命之歌〉中的余元洲、〈小飯店裡的故事〉中的老闆娘、〈一枚鎳幣〉中的娟娟等），則是在飽受失足的悔恨之後，力圖自我超越；不管成功與否，這種努力總是值得讚許的。這批人，曾經獄火的鍛鍊，比前述這些掙扎在墮落邊緣的年輕人，當然是成熟而又堅強多了。

在〈天堂和地獄〉裡，教堂建在風化區附近，自有其特別的意義。妓女余四巧，懷著滿身新生的震顫，隨著早先從良的阿蘭，亦步亦趨地踏進教堂的大門。值得注意的是余四巧在飽受凌辱甚至自我作賤之後，仍然是個有血有肉又有個性的女人，不只是一個沒有靈魂的軀殼。面對那個在教堂前不屑跟她打招呼的「熟客」，她並沒有氣餒；相反地，她還想施出有力的反擊：

四巧走向教堂時，脖頸也挺得很硬，膝蓋也伸得很直。她陷在地獄裡，是因爲自己有一個不正當的職業。那男人生活在天堂裡，爲什麼還要製造罪惡。既然他能嘲笑她，她也可以用同樣的態度給他侮辱。進了教堂，她要找一個鄰近他的座位，看他如何向上帝交代？

蔡文甫筆下的人物，好像在任何惡劣的環境裡，都有超升的希望與勇氣，曾跟四巧一起的阿蘭，而今卻能帶領她接近上帝的殿堂，尋求人生的真義。由前述諸篇統觀，作者是在藉其小說藝術，顯示出一條由罪惡的邊緣而沉淪、由沉淪而自我超越的心路歷程。

此外，作者的關懷，更及於受委屈的稚子（如〈小桃子〉中的擦鞋童和〈寂寞的世界〉中的初中生）、孤苦中的老人（如〈老與小〉中的姥姥）、受虐待的男女（如〈太太離家後〉中的懼內漢或〈枷與家〉中的女傭）和無家可歸的流浪漢（見於〈兩面牆〉與〈審判〉等篇）。

總括起來說，這十六個短篇所討論的，不外乎靈肉之間的抉擇、男女之間的齟齬，以及家庭與社會的諸般問題；而這些問題，幾可說是現代人生困境的主要內涵。

這些短篇小說，不以刻意求工的技巧取勝。故事情節的敘述，都是那麼生動而自然；而每個主要人物的心態，則靠貼切的對話和意識流的陳述，毫不滯結地表露出來。作者雖然沒有特別著意於刻畫他筆下的主角，但是各篇中那些孤寂、不安而又扭曲的影像，是令人難以忘懷的。

——民國六十八年十二月十一日・台北

意外的第一步（作者抒感）

——寫在《解凍的時候》再排新版之前

這是我的第一本短篇小說集，於民國五十二年九月，在香港「東方文學社」初版。六十九年六月繼由台灣「九歌」印行，於九歌創社三十週年第二次改版。

民國四十五年九月創刊的《文學雜誌》，由台大外文系教授夏濟安主編，以審稿嚴謹著稱，很多名家都被退稿，尤其是夏先生以萬餘字宏文評彭歌長篇小說《落月》，分析其得失，並提示若干寫人狀物各種技巧及方法，在當時文學評論未建立時代，有振聾啓聵之效，震驚文壇。

我是民國四十年開始創作，因參加考試，中斷了一段時日，五年後才重新執筆。這期間雖大量閱讀文學名著及文學理論，並零星在各報刊發表作品，但仍是文壇新手，勇於接受批評，乃以八千字左右的〈小飯店裡的故事〉試投，不久便接到夏先生簡短覆函，說明即將刊用，並指出該文「顯示道德的力量」。（注1）

刊出時發現若干詞句被夏先生修改、潤飾後，更顯生動活潑，對人物的描繪有「如見其人如聞其聲」的實況。

這是我投稿以來，第一次見到編者這樣用心改稿。受到如此大的激勵，又寫了一篇一萬多字的〈放鳥記〉寄給《文學雜誌》，但刊出時文字並未見更動。當然，在寫〈放鳥記〉時，遣詞用字方面，盡量避免重蹈夏先生修改〈小飯店裡的故事〉中之缺失；但並不保證已達到夏先生要求之標準。因這是夏先生赴美前編《文學雜誌》最後一期，可能是行色匆匆，無暇對投稿之作品做文字修飾而已。

在《文學雜誌》發表的兩篇作品（均收入本書中），對我以後之寫作幫助極大。例如由白先勇、王文興、陳若曦等（都是夏先生在台大外文系執教時的學生）創辦的《現代文學》，就是由王文興先生把創刊號寄我，邀我為《現代文學》寫稿，我便寫了一萬五千字的〈圓舞曲〉回報，刊在第三期；接著為《現文》寫了八篇小說，致有名作家郭良蕙、莊信正等誤認為我是台大外文系畢業的作家。

此外，還有名小說家聶華苓，主編政論雜誌《自由中國》的文藝版，每期只有一篇小說，但她專函邀約，做書名的作品〈解凍的時候〉就是這樣寫出來的。

當時台灣的出版機構不多，而我是「新人」，更少出版機會，意外地在香港跨出第一步，對我的文學生涯有積極性作用。

香港《亞洲畫報》於民國四十五年舉行第二屆短篇小說比賽，我獲普通組「佳作」（第一名是彭歌）；而民國四十四年台灣小說作家鍾虹（注2）擊敗當時頗多知名作家，榮獲金像獎第一名。當時台灣處於戒嚴時代，被稱為文化沙漠；相對的，香港的藝文競賽勃蓬，台灣作家均向香港發展，本人也是其中之一。

《祖國週刊》是綜合性雜誌，言論開放，台灣不准進口。我把在台灣沒向海外發行的報刊發表過的作品，重投《祖國週刊》，每投必中，而且稿費甚高，但無法看到《祖國》全貌，編者只把刊載我的作品撕下寄我。據說《祖國週刊》和《全國學生週報》（注3）是具有統戰政策的「友聯」發行，但主動向我提議、聯繫出版的卻蓋的是「東方文學社」編輯部橢圓形橡皮章（注4）。因我根本不知道《祖國》有出版社，從未想到在香港出版小說集，所以洽談非常順利，我的第一本短篇小說集《解凍的時候》很快地就在香港出版。

按照合約，寄作者贈書二十冊，郵局卻通知為違禁品被查扣。我用書面申訴：「書中內容均為台灣發表過之作品，並無不當言論……」，但無結果。經國防部總政戰部友人指點，請撰寫諺語專書的名作家朱介凡先生（他當時是警總政治部副主任）協調，二十冊《解凍的時候》才「解凍」到我的手中。

二十五年後（民國七十七年），赴馬來西亞參加第三屆亞洲華文作家會議，經過新加坡，拜訪友聯書局負責人周立良先生，他告訴我「東方」的主編是祖國臨先生及連絡電話，回台後和祖先生在電話中交談，追憶這段素未謀面的文字因緣。

「東方文學社」編者要求本書內容「力使其盡善盡美，俾易暢銷。」所以除前面介紹撰寫過程之四篇外，其他作品也希望能達到編者要求。所以編者在本書封底特別介紹：「塑造人物的形象突出，描繪故事的方法和技巧不落窠臼；刻劃心理、剖析行為更細膩深刻……」等謬讚。

朱炎教授為「九歌版」寫推荐文〈討論現代人生困境〉時，說作者「筆下的人物，好像在任何惡劣環境裡，都有超升的希望與勇氣……」點出全書目的和方向，真是一針見血，非常謝謝他的細心閱讀、推荐及明察秋毫！

蔡文甫

九十七年二月於台北市

注

1. 本人收藏名家及文友多位書信，大半已捐贈國立台灣文學館，但夏先生短箋卻遍尋無著。
2. 鍾虹在九歌出版《舞孃淚》精采長篇小說一冊，擬近期重排精印。
3. 詩人瘂弦經常在《中國學生週報》發表詩作。
4. 附祖國臨先生蓋橡皮圖章之信函，香港通用西曆紀元，致誤寫為五十三年（原件見次頁）。

稿紙　　No.

南洋刊不能用。舉此一例，先生當可三反矣。小說先生自己選定為佳，或願多選，再由本社複選亦佳，但作品如有政治色彩者，則請勿入選也。又華稿紙多下時，請將所遺須與先生商酌之處，當再函請教。總之，外人譯文或書中不可能牽涉任何問題，再加便無盡善盡美，倘為中譯，刊行前當由出版上面負責蒙刊。區區之意，如斯而已，不審能邀諒察乎。

專復　並頌

文安

方　五月六日

五三年

五二一紙

放鳥記

胡成岳走近窗旁五屜寫字檯，彎腰拉開右邊最低的抽屜。從三角形紙包內，傾出一小撮每粒都是滾圓的粟米；旋身向房外走去。

走廊上，垂著染滿灰塵的細麻繩，繫緊四方形鳥籠。籠中一隻黃得發綠的鸚鵡吱喳吱喳叫。

食指頂起鳥籠竹柱門，粟米放入鐵絲絆牢的瓷杯。他伸進兩個指頭顫動，嬉弄鸚鵡。牠在兩根高低不同的橫木上跳躍，得意的樣子，像生長在籠裡，不知外面還有自由天地。

三個月前，從農夫手中買回時，鸚鵡不習慣籠中閉塞的生活，一天多沒吃喝；他擔心會死去，準備放牠了。牠卻像拗不過環境的逼迫，開始吃了、喝了；現在卻是如此開心。鳥獸比人容易屈服，他想。

門放下，他尖起嘴噓著。鸚鵡脖頸上下扭動瞪著他，像要學樣發音，而無法表達，是急躁憤怒的神情。

一陣喧囂、熱狂的音樂，暴風雨似地捲來，「噓」聲被淹沒。猛掉頭，望向身後窗口。那是大哥的房間，窗門敞開，紫綢窗簾分兩邊，打成活結倚靠淺灰色窗緣，像兩個瞭望哨兵。大嫂穿黑底胸前繡有大朵紅花的緊身旗袍，在淡藍燈光下，合著音樂節拍，獨自扭舞步。

視線拋向屋頂，紅霞浸潤灰白天空。一隻蝙蝠垂直地從院中向上猛衝。院牆旁榕樹被風吹得扭曲，綠得發亮的樹迎著燈光閃爍。他很快回轉頭，凝視鸚鵡彎曲成鉤形的嘴。他奇怪這樣的嘴，吃食、求愛。講話怎會方便——現在還不會講話，相信慢慢就會講了，他要訓練牠。他強迫自己多想點關於鸚鵡的一切如牠怎樣睡覺、怎樣洗澡……的一類問題，免得再想自己不願想的一些什麼。但粗獷而又瘋狂的音樂，塞滿耳鼓，敲打太陽穴，腦中模糊地、凌亂地畫著被風撥弄的窗簾花邊，燈光爍爍，扭捏的舞步……是啊，在他轉頭的剎那間，大嫂正半張著嘴，微笑地注視他。她定是在房內扭舞很久，見他在鳥籠旁，才把唱機音量放大。她爲什麼要這樣？爲了引起他的注意？微笑、半翕的嘴唇，定神的目光……如不很快掉轉頭，她定要和他講什麼了。

她要和他講什麼呢？她是大嫂，不會和他講什麼的。他不應該亂想。她會和他談天氣、談女傭可笑的生活情趣、談他學校的同學……但他最怕和她這樣談話了，尤其在禮拜天。大哥出去打牌了，女傭請假回家，屋內只有他們二人。她格格地笑著，滾動亮晶晶的灰黑眼珠，眼睛裡像還說著比言語更難懂的話。他的呼吸不平勻了，像被人綑起，破布紮緊口鼻，立刻會窒息死。今天正是禮拜日，他不能再受這種「刑罰」了，要想法避開她。她爲什麼不讓他清靜呢？他寧可逗留在多風的海濱，寂寞的田野，或是關在自己房內，單調地一筆筆地畫著石膏像，也不願和她談天說地。

他忽地笑出聲來，覺得自己很傻。一切都很正常，爲什麼他要想得那麼多，想得那樣遠？難怪和他同睡在一張床上的同學何敏（他睡下鋪，何敏睡上鋪），說他是幻想家了。於是他解下繫鳥籠的麻繩，雙手捧著鳥籠，走向房內。

「大弟，大弟！」

他收住腳步，扭頭看她，像在問：「妳叫我？有事？」

「你呀，」她手肘撐在窗台上，笑著。一粒粒細白牙齒，露在血紅的嘴唇中，閃閃發光。她說：「你成天捧著那命根子，把牠寵壞了，怎麼辦——？」

不願聽這無意義的話，他眼角飄向天空，一顆顆星擠出來，眨著眼睛。

「沒有事，來嘛！我們一齊跳……」

她沒說完，他搶著說：「不，我有事，我要出去哩！」

「見鬼，你騙人！」眼珠子一轉，又笑了一下，她說：「你好壞呀，大弟——」

不回答，也不想聽下去，急遽地衝進房內。他討厭這樣的說話語氣，更不願她喊他做大弟。他希望她和大哥一樣叫他名字，或是其他什麼。他早就告訴過她，她卻堅持這樣叫。她說他像她去世的大弟，見到他，就像見到自己的弟弟。可是，無論怎樣，他都不願做她的大弟呀！她比他大四歲，在年齡上和事實上，都是她的弟弟。但他對於自己不願做她大弟的理由，也無法說出。他覺得天下有很多事，做了或是不去做，都很難說出理由的。

雙腳踏上長方矮竹凳，鳥籠塞進書櫥頂上的鐵絲籠。那是預防貓啊、蛇啊……迫害鸚鵡，特地做成的。他愛護牠、關心牠，很注意牠的安全。藍色天花板下沒有燈罩的電燈光，穿越兩層鳥籠，在鸚鵡身上塗些白點。牠又吱喳叫了，像不耐這重重囚牢。他點頭輕拍鳥籠，彷彿在撫慰牠：「靜心吧，明天放你出來。」

跳下竹凳，打開檯燈，聽到「嘓」的一聲，知道那是大嫂關掉唱機。他愣住了，像天花板落下石塊，打在頭頂，腦袋一陣麻木。他拒絕陪她玩，她一定很生氣。他爲什麼要拒絕她呢？現在他寂寞，沒地方可去，爲什麼不能和她在一起。難道怕她？當然不是，他是在怕自己，現在他知道「最大的敵人是自己」這句話的含義了。

舉起右手，猛撕去掛在牆上的一張紅字日曆。又是禮拜天，他詛咒這倒楣的日子。

禮拜天的生活，總是那樣刻板。早晨比在學校遲一小時起床，吃過早餐，大哥才穿著藍絲絨的睡袍，踏著繡花的布底拖鞋，打著呵欠從房內走出來。腰帶的結垂在脅下，隨著「哧嗤」的拖鞋聲抖動，像被風撫弄的兩根狗尾草。大哥提菜籃陪大嫂去菜場，他在自家的獨院中，修剪葡萄藤枝葉，撿起落下的一片片淡綠小花瓣。把長有五株白菊花的花圃泥土掘鬆。然後用細竹搭架子，讓常春藤沿窗簷攀援到屋頂，卵形的葉貼滿玻璃窗，像透明的印花布。大哥從菜場回來，戴起一千度外加六百度鏡片的近視眼鏡，躺在籐睡椅上讀報。眼鏡和刺蝟式的落腮鬍子，在臉上築成一道圍牆。他不明白大哥爲什麼不把那囉囉嗦嗦的鬍鬚刮光？四十五歲的人留起鬍子，就顯得老氣橫秋了。飯後，大哥一定要去朋友家或邀朋友來打場小牌，這是大哥固定的生活方式，人造衛星擊毀地球，像也不會改變的。

在家中獨占一間房，有自己的床和書桌，比在學校八人住在一寢室，兩人合用一張書桌好得多。尤其在夜晚酣睡時，睡在上鋪的何敏陪著女友倦遊回來，一邊踏著釘在床架上的鐵蹬向上爬，一邊喊著：「胡成岳，你曉得吧？今晚眞甜蜜、眞夠味——」他像從擺動的搖籃中驚醒，仰臉瞪著床頂木板，聽何敏描述夠味的鏡頭；何敏說得起勁時，用腳踢床柱，高聲問：「你懂了吧？」他生氣、討厭，但又愛聽，仍願住在學校宿舍。但大哥一定要他回來。一個禮拜才團聚一次，還不應該？他無法和大哥講理由，有理由也講不出。爸媽去世早，由大哥一手撫養。大哥要他上進，打他、罵他，要他讀書，要他學好。大哥管教他，像搬起一塊正方形的石頭，塡好同面積的坑，不讓他有表現意志的機會。大哥成天嚷著：「你應該這樣！你不應該那樣！」日子久了，他和大哥都認爲：大哥所說的一切都是對的，不容更改的。

可是，大哥對大嫂的態度完全相反，大嫂的一切都能容忍。他曾和他們一起出去。在電影院中，看到男主角求愛的滑稽鏡頭，她會縱聲大笑，笑得全場的人都掉頭注視她。她會爲了饅頭的冷熱或是菜的鹹淡，拉住飯館的侍者白裙吵嚷半天。最使他感到難堪的一次，還是在擁擠得無法移動手臂的公共汽車上，大嫂忽然尖叫起來，說是有人討她的便宜；接著就和一個長著山羊鬍子的中年人互相嘲罵。他想大哥一定會出來護衛或是阻止。扭過頭來只見大哥兩手緊握車頂白鐵槓，眼睛看著釘在車廂內的「愛鳳」床單的廣告牌，對他們的吵鬧，像與他無關，或是根本就不認識他們當中的一個人。本來，他覺得很窘，但看到大哥這樣安適泰然的樣子，也就心寬。大哥對一切都極有把握，他平素總依賴大哥。大哥把這吵鬧看得平淡，他爲什麼要難過？不過，他從此卻不敢和大嫂們出去了。

耽在家中，他也怕接近大嫂。他在房內看書，她會悄悄跑進房，雙手蒙住他眼睛，問：「你猜是誰？」她常指著他說他是小孩，他覺得她更沒有長大成人。後腦貼在她的喘息胸脯上顫動，他掙扎地站起。大嫂用手指，沾著唾沫，一頁頁地翻他讀的書。有時會問：「這是什麼書？」

「小說。」

「有故事嗎？」

「小說裡總離不開故事的。」

於是她逼他講故事。他們對坐著，她裸露的雙腿，疊架在玻璃桌面的長方桌上。到了故事的高潮，她會喘息地挨坐在他身旁，一手搭在他肩，一手捏著搓成繩似的手絹一角，甩著大圓圈。聽完愛情故事，她長長一聲歎息，斜躺在綠色長沙發上。瞇著眼看他。說：「你呀，你眞壞！書上眞是這麼說的？」

他告訴她是眞的。她說：「小說家眞了不起嚱！」

「有什麼了不起？他們都是些傻瓜！」

「傻瓜？誰說的？爲什麼？」

「爲什麼不是呢？」他答。「他們把所有的希望和理想給大家，然後自己被餓死。」

有時她會在聽完故事後說：「你成天看這些壞書，一定也學壞了。」

是的，他對自己的人格懷疑起來：他眞的學壞了嗎？他看到她穿一件淺黃的套頭緊身毛衣，一隻手臂舉起彎繞在頭頂，一隻手斜撐在門上，身體的輪廓全被勾畫出來。他一再告訴自己不要看她，或者在看她時，不要顯出沒有禮貌的神情。但他仍禁不住要盯著她，腦子還有一種他不敢承認更不能告訴別人的想法。他對自己有這種想法感到厭惡和鄙視。雖然任何人都不知道他有這古怪的念頭，他還是責備自己，覺得是一種恥辱。於是他便不再理她，決心在房內讀書。可是，她一會兒跑進房來抓起他一把斷了二根齒的塑膠梳子梳頭，一會兒跑進來問他要不要吃她自己烙的蔥油餅。一會兒又把唱機打開，拉著他跳舞……。她擾亂他寧靜的生活，他恨她、賤視她，但有時候也喜歡她——他不敢對自己說是愛她——因爲她不像大哥那樣漠視他、冷落他。他喜歡她把他當小孩一樣看待，但又恨她把他看做小孩。在去年，他過二十歲生日時，她拍著他蓬亂的頭髮說：「你眞長大了，已經是個大孩子了。」他立刻就要瞪起眼，揮著拳頭，憤怒地對她狂吼：「不，我不是孩子，我已懂得很多，所有的事全懂，以後懂得會更多！你不要把我當孩子看待了，絕對不要！」他沒有說出口，只是對她笑笑，搖搖頭。但她怎會知道這笑中包含多少憤怒、鬱悶、憎恨和輕視呢！

幸而不久他就脫離這痛苦的生活。他認識一個漂亮的賣水果的女孩。晚飯後，從家門口，順著短圍牆，由零星擺著三輪車的小巷走到巷頭水果攤，揀五隻捏在手裡綿軟軟的橘子。攤旁穿短袖黑毛衣的女孩，在篾籃裡秤好，伸手把掛在攤架鐵釘上的三角形紙包摘下，放進橘子，彎腰在攤架車輪旁抽出一根蒲草紮好紙包。他一手遞錢，一手接她手中的橘子，目光卻凝注在她臉上，碰著她那又圓又大、晶亮的黑眼珠。他右手接觸到比橘子還要綿軟的手。她的面頰突然滋潤，紅霞瀰漫，睫毛下垂。

「啊，妳的眼珠眞亮。」他說。

她又在橘堆中拿起一隻橘子，連同找的零錢遞給他。

他怔了一下才接過來。問：「爲什麼要多加一隻？」

「謝謝你呀！」她噗哧一笑。「謝謝你的讚美啊！」

笑得眞甜，甜得使他心底發汗。他突然感到自己偉大起來。這笑聲中含有愉快、得意和敬慕的意思，從來沒有女孩子對他這樣笑過。同班有一位女同學，曾和他看電影、郊遊、參加家庭舞會……她和他在一起，像是受了無限委屈。他了解她的心情。她這時正覺得全地球都踩在她腳下。她陪他在一起，是一種恩惠——是一個百萬富翁，施捨給成天沒有飯吃的貧民的恩惠，他應該感謝她、報答她。他雖沒在言語中說明，但已在動作和眼神中，顯露出那感謝和報答的意思了。這樣還不夠，她再三地拒絕他的邀請，他感到屈辱、憤懣，索性不接受她的施捨，就是說，他用無限忍耐建立的一點點情感，決定放棄了。星期、假日，他怕看到她那種脖頸僵硬、挺著胸、眼睛直視前面、裙子晃得高高的樣子。避在家中，寧可受大嫂的攪擾……現在輕易獲得這女孩傾心地嫵媚的笑。他太高興了，眞不想離開這橘子攤。

「妳是剛來這兒的吧？」他問。

「在這裡三年了，」她低頭撿拾橘子，堆成圓錐形。「搬來時，我還很小哩！」

他的目光纏繞在她身上，他說他從來沒看到過她。

「嘿，那時我常常看到你，肩膀上掛著帆布書包，手裡抓著口琴，吹呀吹的。現在，你已經不──」她又笑了，笑了一半，上門牙咬著下嘴唇；但笑意仍在她眼皮、面頰上飄盪。是的，現在他不掛書包，也不在路上吹口琴了。

「你住在那紅漆大門的房子，是最後一家？」她左手迅速一指，又縮回扶在攤架的長木條上。

他立刻明白了，她以前年紀小，他沒有注意到她，她也引不起別人的注意。時間、空氣、陽光、半熱帶的風，把她蒸發得大了、成熟了。他揣測她的年齡是十八歲，或者只有十七歲。青春的火焰，正在她胴體中熊熊燃燒，正像他一樣，內心不知有多少幻想的、可怕的祕密念頭。她已注意到他這呆頭呆腦的大學生了。

第二個禮拜天，他又站在攤旁。她彷彿不認識他，揚起職業性的腔調問：「要什麼？」

他什麼都不要。目光滑過番茄、橘子、楊桃，落在屋脊形攤頂的白鐵皮上。感到非常傷心，爲什麼她的態度，一下就變得這樣快呢？女人的情感，眞像閃電一樣不可捉摸。於是他說：「一斤香蕉！」

搬起一大串香蕉，熟練地切下幾隻，秤好交給他。他立刻離開她，覺得一切都完了，他是這樣地得不到女孩子的歡心；連水果攤上的女孩都不喜歡他。但他走了幾步，又回過頭來，走近她身旁，問：「今天妳爲什麼不講話了呢？」

「我爲什麼要講話？」她右手捏著油膩得發黑的秤錘繩，讓葫蘆形的鐵錘在半空晃盪。「我爸爸說，做生意，不和壞人搭七搭八，就不會惹麻煩——」

「我是壞人？」

「誰知道呀？很多壞事，都是有學問的人做的。」她說，低頭看自己套在白膠帶木拖板的雙腳，腳指挪動著。「你是大學生哪！我才小學畢業，我沒有資格和你講話——要番茄？剛買回來，很新鮮的。」

一個不倒翁形的胖女人走進攤旁，抓起扁篾簍的一隻半邊青半邊紅的番茄，手裡捏捏，放在鼻頭嗅著，那像是已腐爛得發出臭味。她走近那女人身旁，說：「好的，包妳不壞。要幾斤？」

他拖著兩腿離開水果攤，已明白她今天爲什麼改變態度了。他眞恨自己是個大學生。以前的女同學，瞧不起他這個文學院的書呆子，一窩蜂地崇拜工學院的男同學。現在這水果攤上的女孩，卻認爲他高不可攀，而不願理他。他怎麼辦呢？擇脫這學生頭銜，也去賣橘子、做工、擦皮鞋？

他當然不會那樣做，那樣，大哥就要打斷他的腿了。他只能走大哥指定他走的路，從山麓沿著山腰的碎石路，一步步踏上山頂，不能走捷徑，更不能停留。這是爲他的前途，大哥才這樣決定，難道他不知道好歹？使他高興的是，他再到水果攤旁，她不再問他買什麼，可以無拘無束站著談半天。慢慢地她也和他在公園裡散步，同坐在一張粗糙的長石凳上，聽她講圍繞著水果攤的無聊男人的醜惡嘴臉。她告訴他，她叫王麗梅。爸爸是個礦工，每天很早就要進坑內工作，下午四點多回家。她還有一個弟弟一個妹妹在讀書。有時他會坐在攤旁的竹凳上，看著她嫻熟地賣各種水果；收攤子了，他和她各推著一隻磨得光滑的木柄，車輛在不平的石頭路上顛簸，震動他的手臂，他感到一陣快意，覺得自己已掌握了跳動的生命。但她不讓他走近她的家門，在離她家遠遠的地方就要他回去，她說她家房屋很小也很髒，不能讓他這樣的「貴賓」踏進煙囪洞；而且她也沒有和她父親談過他，驟然見面了，對他們的未來不會有好處的。

他完全尊重她的意見，不勉強她做那些她認爲不好的事。他們會並肩默默坐在一棵榕樹下半天，他僅握著她的一隻手指，已覺得很幸福。他知道她是眞正地信賴他、尊敬他，他也同樣地對待她。他們一起是平等的，誰對誰都沒有恩惠，當然也用不著感謝和報恩了。

一天晚上，他背對著攤頂垂下的一百燭光電燈，坐在攤旁的圓凳上。她剝一隻橘子，分一半給他，他們吃著、談著、笑著……這時，大嫂對著他走來。他從沒想到過會被家中人看見他在這兒；更沒想到家中人見他和她在一起後，有什麼感想。現在他明白了，大嫂臉上畫出驚訝的、困惑摻雜著鄙夷的神情。他的臉龐發燙延燒到耳根，意識到自己做錯了什麼事。右手拿著兩瓣橘子，慌急地站起，想要和大嫂解釋。但大嫂頭也不回筆直地走了。他立刻就糊塗了，當時爲什麼要有做錯事的感覺？實際上他什麼都沒有做錯。他不能和一個女孩談天說笑嗎？走在回家的路上，他一直嘲弄自己的感覺。在大嫂看到他時，他想向大嫂解釋，但解釋些什麼呢？能當著麗梅的面，說出爲自己辯護的話嗎？那麼，她又把他當作怎樣的一個人？幸而一切都過去了，他沒有做出傻事來。但他還是對自己有那愚蠢的惡劣的想法，感到不安。

走進客廳，大哥手捧一本畫報，封面上斜躺著穿三點式游泳衣的女郎。但近視眼鏡底下，大哥面部的線條，濃縮得像地形模型。他不願這時和大哥在一起，穿過客廳直向自己房內衝去。但大哥喊住了他。

他的腳步慢下，停下，終於旋轉身面對著大哥。大哥把畫報摔在玻璃桌面上，抹下眼鏡上另一副玻璃鏡片。慢慢地有力地說：「你不知道自己的身分？和下等人在一起鬼混！」

他感到這句話中的每個字在他頭頂敲擊，像大雷雨時，撐著油紙傘在雨地裡走，雨點咚咚地捶在傘上，顫動著傘柄，從握傘柄的手臂，滲入心中。但這感覺霎時就過去了；他彷彿在一間房裡，附近所有的電燈突然熄滅，黑暗緊緊裹著他；只聽到一輛大卡車頂著狂風向前急駛的「嗚嗚」聲。有一種無形的力量壓向他，他的手心溼透了。他立刻甦醒過來。雨聲、風聲、汽車聲都沒有，心中卻有一股力量衝擊，向四方迸裂。

「為什麼說人家是下等人？」他說，握緊拳頭，眼睛看向大嫂，大嫂背對著他們，站在唱機旁翻一張張唱片。唱機沒有打開，她不是選唱片，是在聽他們講話。他說話時，她的雙肩聳動著，像有不屑和得意的味兒。「誰算是上等人呢？」他又補了一句。

大哥沒理會，繼續說道：「她的學識、人品、家庭，配得上你？你根本就想不到，和下等人生活在一起，是什麼樣的滋味——」

大嫂兩手抓著唱片，閃電般旋轉身，狠狠盯視大哥。大哥的話停頓在半空，頭低垂胸前，看向畫報上跳芭蕾舞的女明星用單足尖旋轉的舞姿。他有一種暈眩的奇怪感覺，覺得他在大哥和大嫂之間旋轉、旋轉、旋轉……他忽然明白了，大嫂怪大哥為什麼要說這樣的話。大嫂本來是家中的女傭，長得很美，進來不久，就和大哥結婚了。他一直認為大哥對自己選擇的配偶會感到滿意，眞不相信大哥也有做錯事的懊悔念頭。他究竟感到什麼樣的滋味呢？難道大哥對大嫂穿件紫紅條睡褲，坐在大門檻上和修理皮鞋、雨傘的人像親戚樣地攀談，也感到不滿？大嫂穿一襲白色綢襯裙，在每個房間內盪來盪去，大哥也會看不順眼；大嫂在任何公共場合，總要出出風頭，賣弄自己的喉嚨、姿色使大家驚奇地盯著她，大哥也會感到尷尬不安？……他過去一直以為大哥喜歡大嫂這樣潑辣、隨便，從這句話可聽出大哥成日在煩惱和鬱悶中，所以要禁止他和賣水果的女孩來往。可是麗梅的言行舉止，和大嫂完全不同。她不論做什麼，都要考慮別人怎樣想？別人怎樣說？他常說她年紀輕，書念得少，卻那樣懂事，實在不容易；和麗梅生活在一起，絕不會有屈辱或是難堪的感覺……

他對自己有這種想法感到好笑，他和麗梅玩在一起，那是因為他寂寞、空虛，需要一個朋友，正巧麗梅就在他身邊，他不會和她結婚的。他將有一個身材高高、頭髮長長的太太，他會把她攬在懷裡，撫吻她的柔髮、眼睛……輕擁著她走上結婚禮堂。但她卻不是麗梅，為什麼大哥要說那樣難聽的話呢？

「你是不應該的，不要侮辱你不了解的人，」他說完再氣急地分辯：「你用什麼做標準，把人分開——」

「噢——」大嫂拖長聲音插嘴了，「你這上等人哪……」

他知道他們會有一番吵鬧，讓他們留在那裡，自己溜回房內。可是，等到下一個禮拜回家，巷口的水果攤不見了。他不知道是她搬了家？還是她不願再見他？或是其他什麼原因？他曾不只一次地到她家附近去找她。在竹竿上飄著汗衫、短褲、窄裙、小孩衣裳的巷內，踏著臭水和汙泥，挨門探頭向內搜索，但終沒有見到她的影子。這時，他悔恨過去爲什麼要那樣信任她的話，不去看看她的家，現在他是沒有辦法見到她了。一個一個禮拜等待，希望下次回家時能見到她，他每個禮拜都失望了。於是，他爲了減輕自己的苦痛，試著留在學校。今天勉強在宿舍。圖書館溜達，混走上午時間，但下午怎麼辦呢？同學們遊玩、讀書、談天……好像都很有興趣，都有他們自己的伴侶，唯有他孤獨地被遺留在地層的夾縫中。他踏上街道，人們都匆促地走著。他們都有要去的目的地，要去會晤想見到的人，而他卻在街頭徬徨，彷彿全世界只有他一人是被冷落，被人們遺忘了。不，他想起來了，他的處境不是最壞的。他還有家，還有大哥大嫂惦念著他。今天他不回家，他們不知道怎樣想了？那隻會吱喳的小鸚鵡，又不知道怎樣了。

眞的，他又回到家中。家中也是冷清清的，大哥出去很久了。他和大嫂一道吃晚飯，飯後他才餵鸚鵡，而她卻要他陪她跳舞……

一張日曆揉成紙團，被手心中的汗浸溼。他用力擲在寫字檯旁褐色的圓筒內。紙團擊在鐵皮上，發出「咚」的一聲，像提醒他，必須出去了。他已對大嫂說過要出去的話。可是，到什麼地方去呢？他是從外面回來的呀。他應該在家中吹口琴，口琴已有好久沒有摸過，譜子都忘光了。他要翻出樂譜來，吹一曲「鳳求凰」或是「風流寡婦」……現在他不能吹，一定要出去了。

伸手抓起靠背椅上的鐵灰色布夾克，那是他從街上回來時脫下的。在套第二隻袖子時，他決定不去數商店的玻璃窗，也不去看電影院門前的電影廣告。他要去麗梅家附近的幾條巷子，一家家地去問：「王麗梅小姐是住在這兒嗎？」他過去太笨，只在門口張望，怎會找到她呢？這次如果找到她，他一定對她說：「我不能離開妳；離開妳，生活就太空虛了。」他要吻她、撫慰她、熱烈地擁抱她……以前他什麼都沒有做，他怕她會說他粗野；可是談戀愛絕對不能文謅謅的啊！

扭熄檯燈，在屋中轉了一圈，又覺得生活有意思，一切都顯得溫暖而可愛，世界並不如他剛才所想的那樣冷落和淒涼。他蹦跳著跨出門，門在身後闔上。一眼看到大嫂頭伸在窗外，兩手握著窗簾的結。說：「你眞的出去？」

「誰騙妳。」

「爲什麼要出去呢？你走了，家裡只有我一個人。」她的頭歪倒在右臂，這時又抬起，像忽然想起了什麼，說：「你是去找那賣水果的女孩吧？那你就不要去了，今天我看到她——」

「妳看到她！眞的？」他搶著說，向她窗前跑去。

「看你呀，急得那樣子！」她又笑了，眼睛變成一條縫。「進來。我告訴你。」兩手一扯，窗簾的結抖散了。她的頭已縮回，窗簾已被拉上，只有一個黑影印在紫綢上。

跨進房門，一手拉著門框，問清楚他就要走了。「妳眞的看到她？在什麼地方？還在賣水果吧！」

她坐在梳粧檯前一張搖椅上，向左右搖擺。他一會兒看到她披散在面頰旁的細髮絲，一會兒看到她腦後甩動的馬尾下的頸項。旗袍頸下和右襟上的鈕釦都鬆開了，露出胸前一大段石膏似的肌肉……他禁止自己再看向她，眼光飄在衣櫥門上的長玻璃鏡，看到自己照在燈光下蒼白的臉，嘴唇發抖，他的氣息又不均勻了。

「我看到她扶著一部拖車走，」她說，「車上堆著桌椅和床架，還有樟木箱，她一定是搬家了──」

「搬到什麼地方？」

「那我怎麼知道呢。我又沒問她。」她換了一個姿勢，橫坐在椅上，兩手抱著椅背，兩腿絞起，身體斜仰，眼珠轉動著，斜睨著他說：「問她，她也不會告訴我啊！」

他怔怔地愣視著她。鬆開拉住門框的手，雙手的手指互相交叉絞弄著。麗梅避開他，他永遠見不到她了。不可能擁抱她，也不能吻她……他是一個傻瓜，已失去一個愛他、尊敬他的人，也失去一個機會了。內心的一道堤防，像是被浪花突破了，衝出了一個裂口，立刻塞滿空虛。一陣暈眩的感覺裹著他，他覺得房屋在轉動，地基左面向上升，右面向下降落，他的身體似乎無法保持平衡。內心深處有兩股相反的力量互相撕扯、衝擊，慢慢迸裂。眼角冒了一陣火花，雨點似的金星，在淡藍的燈光下飄盪。他看到像檸檬黃似的霧籠罩著他。白菊花、彎曲的小石橋、迎風飛鳴的白頸烏鴉，都繞著他旋轉、旋轉……

「騙人，妳騙人！」他猛向前衝，兩手搭上大嫂的雙肩，兩臂連著椅背環抱她，嘴唇壓在她的嘴上。他看到她臉上有極複雜的表情，先是驚異的，接著表現出厭惡的神色。然後眼睛慢慢閉攏，身體向後傾斜，笑意飛上她面龐，那是一種滿足的、勝利的樣子。好像在說：「我知道你會這樣做的，我早已料到你會被征服的，現在終於征服你了！」

什麼？你真的被征服了？大哥像掌握駕駛盤控制汽車般地控制你，女同學輕視你，賣水果的女孩也會拋棄你，現在又被你平時賤視的、厭惡的大嫂征服。你是懦夫！你是一個可恥的、無能的傢伙……他鬆開手，猛跳起來，退後兩步看著她。她扶著椅背，身體慢慢坐直，右手撩撥鬢邊的亂髮，舌頭舔著嘴唇。說：「啊！你把我的嘴唇咬破了——」

他眼珠定定地盯著她。他想她會罵他，或是流著眼淚責怪他。當時如果她抗拒就好了；沒有抗拒的力量，一點都沒有，所以他才……而她現在卻說：「你把我的嘴唇咬破了！」那是什麼意思呢？她抬起頭，他們的目光相擊。她深深吸了一口氣，胸部波動一下。然後嘆著氣道：「可憐哪……我不會告訴你大哥——」

天哪，還有大哥！他一直沒有想到大哥。現在他卻看到大哥的影子：在大哥身後擺動的睡袍帶，拖鞋擦地的「哧嗤」聲，兩塊鏡片後面的細小眼睛……她說她不會告訴大哥，他究竟做錯了什麼？又是誰要他做的呢？他不是有心的。眞的，他從沒有想到他自己會這樣做，然而，他做了，他抱著她、吻她……她說，她不會告訴大哥，難道是暗示他，不論他做什麼，她都不說——他賤視她、恨她、詛咒她，抓起梳妝檯上金邊的長方鏡，用力摜在腳邊磨石子地上。「嘩啦」一響，玻璃碎片濺迸，大嫂也哇——地叫了起來。

他掉轉身便向自己的房間跑去。旋動門鈕，猛推房門，房門碰著牆壁，壁上的石灰碰落一塊掉在地上。他憤怒地向空揮舞雙拳，一拳擊在書櫥上，書櫥晃動著，櫥頂上的鸚鵡籠跟著搖擺。鸚鵡吱喳吱喳叫。

房中充滿了鳥兒的叫聲，但他卻像聽到牠在說：「可憐啊，可憐……」

跳上矮竹凳，抓著鳥籠，要向地上摜；鸚鵡仍「可憐，可憐……」地叫著。

他怔住。是的，他太可憐了，誰都可以征服他，他無法反抗。現在能做到的，就是摧毀小鳥兒了。他眞的被征服了嗎？

捧著鳥籠，慢慢踏進走廊，蹲在地上，打開鐵籠，用食指頂起竹籠的門，右手伸進抓出鸚鵡，放在左手掌上。鸚鵡遲疑一會兒，身體向下蹲，兩腿一蹬，展開翅膀，向空中飛去。

他看著牠竄入黑暗的高空，霎時就不見了。淒涼地說：「鸚鵡長大了！」

生命之歌

余元洲從靈魂的陶醉中甦醒，突然發現懷抱中的她，睜大眼睛凝望天空。他打一個冷顫，忙用胳膊撐開她。他不想再吻她了。

她問：「你愛我嗎？」

他靜靜看著她的面龐。月光被岸旁樹枝遮住，在陰影裡她眼睛、鼻沿、嘴唇的輪廓模糊。她美嗎？可愛嗎？你應該愛她嗎？

他不敢想。她面龐、身材以及說話的語調，他都熟悉。用不著深思，從腦裡心裡便會浮現出來。她正用手臂纏繞著他的頸子、腰桿。濃而尖銳的香水味，鼻息和心房的跳動，在他的感官上、肌膚上、心靈上撞擊。她的的確確在他身旁，他摸到、感覺到她的存在，可是你吻她時她卻瞪大眼睛。她懷抱中的不是你，她心中想的不是你。可能想著天際遙遠的明滅星光；也可能想著她的丈夫、孩子、家。她爲什麼要離開家、丈夫，跑到你身旁：吻、擁抱？你了解她身體的每一部分；但不了解她的心。她心中想的可能是趕快離開你，匆匆向回家的路上走去。到了家門口，搶著跑在丈夫前面，緊摟丈夫的脖子，嗲聲地說：「你愛我嗎？」

他推開了她。「我不知道。我要回去。」

「別鬧著玩了，眞的。」她捏著他右手，「我們才聚了一會兒呀！」

她抓住他時，沒有溫暖的感覺，當然也不興奮。熱潮已隱退了。她的手不柔嫩。鬆軟的皮，包著突出的骨頭。老了，三十一歲，也許是三十二歲。他爲什麼會愛上她，和她在一起？他比她要小五歲或是六歲——問題不在這兒，她是有丈夫的女人，一切很複雜。從第一次見面時起，他就告訴自己要遠遠離開她。可是第二次，第三次……半年多了，他仍擁抱她，吻她……

他退後一步，腳下的沙石翻滾、陷落。但他安穩地站著，水花激盪岸壁，有窸窸窣窣的聲音。這是個荒僻的地方，她帶他來這兒，他慢慢跟著來了。她是個堅強的女人；而他卻是這樣軟弱，一切受她擺布。你眞的沒有自主的能力、反抗的勇氣？

「不！」他說，「我要回家，家裡有人等我。」

她傻傻地笑，笑中有不少輕蔑。「誰呀？又是姊姊？你就不能離開姊姊一會兒嗎？我也是你的姊姊啊！」

她仍依偎著他，他感到厭惡。他不喜歡她提起他的姊姊，更不喜歡她在談到姊姊時用這種腔調。他父母去世早，是姊姊把他撫養大的。姊姊眞關心他。但他卻怕聽到姊姊喊：「小元，起風了，冷了，穿件夾克吧。」或是：「元洲啊！這麼晚，該睡了，不然明天沒有精神。」吃東西時，姊姊要指定他吃這吃那。他這麼大了，看電影時，姊姊總要陪著他，怕他和流氓鬧事打架。

他把有關姊姊的許多事告訴她，她現在卻用這些來譏笑他──他恨她，也恨姊姊。姊姊爲什麼不多花點時間在自己身上？她該多買些化妝品，裁幾件漂亮衣裳；總不能老是那樣蓬著頭，老是穿又舊又縐的衫裙啊！姊姊二十八、九，快到三十，早該出嫁了，她卻把全部精神放在他身上。今天還把她同學的妹妹請到家中，介紹給他──他爲什麼要接受姊姊替他安排的一切？他已長大了，姊姊作夢也沒想到，他長大得能使一個成熟的女人躺在自己懷內。

他不知道自己是做錯了，還是做對了。家中三個女人談得很起勁，他找機會溜了出來。那是對姊姊的反抗──姊姊知道嗎？姊姊覺得她爲他做的永遠是對的。姊姊不知道他懷中的情婦，如果知道了，該多麼難過。

他又推開她，冷冷地說：「是姊姊給我介紹的女朋友！」

「女朋友？」她尖叫起來，挺直身凝望他，像不相信他的話，「你有女朋友？幾時有的？那是個什麼樣的女人？」

他後悔把這件事告訴她。告訴她是爲了炫耀，還是氣憤？其中的道理說不清。她怎能體會他心中所想的？是的，他是個意志薄弱的男人，所說的和所做的，自己都無法控制。

「我來告訴你，」他說，「我們之間的事完了。」

她怔住了，像是非常驚訝。他自己也很驚訝。他很早想說的話，覺得難以出口，今天竟輕易地從舌尖滑出。他原不希望自己當面告訴她，想用事實來慢慢說明；一天一天疏遠她，她就不會感到難過。可是，她難過不難過與你有什麼關係？

她走近他，兩隻手架在他的肩上。「不要開玩笑了。」她輕聲地說，「我要和我先生離婚了——」

「離婚！爲什麼？」

「爲了你呀！」她又纏緊他，「離婚以後，我就自由了。你答應愛我，我就嫁給你……」

突地，他覺得耳中有陣嗡嗡聲：是蟬鳴？是蛙聲？微風吹響樹梢的枝葉，流螢在眼前晃盪——他眞能愛她？和她結婚？她是一個複雜的女人，他深深知道她是和他玩玩的，他也抱著相同的心情。他一直懷疑，她除了和他有不正常的關係外，另外還有多少人和她有來往。現在她竟說要和他結婚，她的話可靠嗎？

「那太好了，」他說，「獲得自由以後，你和總經理、銀樓小開、金礦老闆——隨便哪一個結婚！」

她猛地摔開他，轉身背對他站著。他知道她生氣了，或是正裝成生氣的樣子；但他不在乎。以前沒有下定決心離開她，現在還能拖延下去？她說是爲了他才要離婚的，你願意擔負這個責任？你相信她的話是眞的？

「我明白了，你是一個壞人，」她喃喃地說，「你是一個沒有良心的壞男人，我眞瞎了眼，我是哪一輩子倒了楣……」

他突地起個衝動，想緊緊扼住她的頸子，直到眼珠突出、口吐白沫，然後——她現在罵他、詛咒他，她也有理由恨他嗎？他本來很純潔很正直，姊姊常常告訴別人說，「你們看我弟弟多規矩多老實啊！」可是，和她在一起，他就失去了自己的尊嚴。以前，聽到姊姊在別人面前誇奬他，覺得羞怯而又得意；現在爲了她，在姊姊面前永遠不能抬頭了。她一直把責任推在他身上，是你勾引我的呀，我是規規矩矩的女人。天知道她有多規矩：電影放映了進場，漆黑；他隨意坐下，一會兒便感覺到鄰座有人緊挨著他；光線慢慢亮起來，亮不亮沒有關係，濃得刺鼻的香水味告訴他，那是個女人；她擠了過來——爲什麼要表示讓步，難道男人還會吃虧？胳膊互相摩擦，抓住她的手，她的手迅捷翻過來，緊緊地握著。擁抱，吻……這是日場電影，觀衆零落，但眼睛還是太多。她和他關在房間裡，還一再強調，她沒有用胳膊勾你，是你擠過去的。那不算什麼。他想，她是個寡婦或是個離了婚的女人；而他卻是個正在念書的學生，第一次被女人獵獲。他分不清自己的心情是得意還是懊喪？他追求自己的女同學三年，情感上像沒有絲毫進步，而他這個高大魁偉、體重一百八十磅的男人，竟在二小時之內，把身體和靈魂，統統奉獻在這個嬌小柔弱的女人身上。男人眞是如此下賤？誰勾引誰並不重要，重要的是你失去了人性的尊嚴，男人的尊嚴。第二次他原本決心不踐約；可是，他畢竟來了，一次又一次地來了。姊姊卻還不斷地向朋友誇說：「你們看，我的弟弟多規矩多老實，品行多好啊！」是的，他沒有錯。錯不錯他自己也不知道。他認爲自己是個好人。然而站在面前的她，說他是個壞人。壞人和好人，究有多少分別呢？如果眼珠突出、舌頭伸出三寸長，斷了氣，那時還分得清誰是好人和壞人嗎？

「再見。」他說，「都是我不好，連累了妳。我們永遠——再見！」

他很快地轉身。走了兩步，她從身後攫住他，說：「你就這樣走了？你還沒有回答我的問題！我要離婚了，你不表示一點意見？」

「那是妳自己的事，我爲什麼要表示意見。」他摔開她的手臂面對著她，「我不願負這個責任，不願負拆散別人夫妻的責任！妳有家，有孩子；可是，我什麼都沒有。妳和我結婚了，三天以後，妳就會再去找個野男人——」

她突地揚起右手，猛摑他一記耳光。

他哆嗦了一下，這出乎他意外。見她眼中充滿憤怒，牙齒緊咬下唇狠狠地看著他。她也有理由恨他嗎？難道是他的話冤枉了她？他已使她同樣不能做人？他們之間到底是誰錯了？

「好。打得好，妳打吧！」他竄上前去，抓著她的肩頭。他恨她，討厭她，他要狠狠地揍她，勒著她的頸子……他覺得她該躲避、掙扎、叫喊——然而她沒有；她只是軟軟地貼在他的胸前，雙臂纏著他。香味，又是那濃郁的香味刺鼻。她仰頭凝視，眼眶淚水晶瑩。她太受委屈了，爲什麼說傷害她的話？她是個弱者，不知道把情感用在適當人身上的弱者。他想她是愛他的，而他一點都不愛她；因爲他輕視她，認定她是一個低賤而又下流的女人，沒有靈魂，沒有意志；爲了肉慾享受，便出賣自己。她也覺得痛苦？她也值得同情？

突地，他的肢體抖顫，一陣暖流盪漾。他緊抱著她，俯下頭吻她。光明啊黑暗，甜密又是黑暗。河岸顫動，波濤在脈搏中流過。蟬聲嗡嗡，汽車呼嘯駛過。星光在黑雲空隙中閃爍。姊姊說：「你看我的弟弟多規矩多老實啊！」女同學連寄來三封信，怪你冷淡她，疏遠她；可是，你再沒有臉見她，沒有勇氣親近她。你如跪在她面前，求她寬恕，她會用雪白的鞋尖踢你，唾你的面孔說，「滾吧！你這個骯髒的臭男人，永遠不要見我——」

他的熱血凝結，睜開眼，她眼睛還是睜得大大的。不錯，她是個複雜的女人，這時她究竟想些什麼？他在她心中有多少分量呢？

他慢慢放開她，說：「我眞的要走了。」

她愣了一下，又抓住他。「爲什麼盡嚷著要走呢？」語調中加重了憤怒的味道，「我知道你變心了；可是，你一定要說個明白，到底愛不愛我——」

沉默。她沒說下去，臉貼在他胸前，做出受委屈的可憐樣子。他不能再像以前一樣，用親密的言語和動作撫慰她了。他內心鄭重地告訴自己，你不愛她，第一次吻她，就起了輕視和厭惡的感覺了，你是爲了報復、反抗——向誰報復、反抗什麼，你都不在乎——才和生命搏鬥。歡樂、女人、肉慾，能補償生命的價值？生命又算得了什麼？誰看得見摸得到？她値得憐憫、同情嗎？她要離婚了，你能阻止她或是勸說這樣做那樣做嗎？除了她的外形以外，你又能知道她多少？你不必負道德上的責任。道德在人們心目中，比一方寸的紙輕些還是重些呢？你自己也不認識自己是怎樣的一個人，從何處來，向何處去……？

「妳眞的不知道？」他冷冷地說，「我們之間沒有愛情。」

「可是，你說過你愛我；你的話都是假的？」

「過去的讓它過去吧！」他強抑住自己憤怒的情緒，他眞想猛力揍她一頓。那樣，她就會像他一樣地恨她了。她一定想不到她是怎樣地傷害他。名譽、生命、人性尊嚴，在她眼中又算得了什麼？他要告訴她一些神聖的字眼。當然，她一定以爲他是瘋了。是的，他有點不正常。他爲什麼要來？來了爲什麼又要走？他們都是不正常的怪人。她爲什麼定要逼著他回答？保留良好的記憶，不是最聰明的辦法嗎？

他說：「忘記我吧！我不是個好人。我不懂得愛情，我從來沒有愛過一個女人。」

她打開手心的手帕蒙住臉，抽抽噎噎地哭。雙肩頻頻聳動，像是很傷心的樣子。他很早想說的話，現在終於說出口，立刻覺得很輕鬆。她難過不會太久的，她沒有損失什麼，因爲她沒有靈魂。星光明滅，河水潺潺，時間慢慢流過去。雞啼，炊煙四起……，她爲什麼不安靜地回到家中？她丈夫能容忍她的荒唐行爲嗎？她又怎麼向孩子交代？那是她的事，用不著你費神。在你的心情沒有變化以前，得趕快離開她。心是一個多麼難以捉摸的怪東西啊！

他說：「我走了，再見。」

哽咽繼續著。他又覺得不能立刻離開她。這是偏僻的河岸旁，讓她獨個兒留著說不過去。他雖不能徹底了解她，但可確定她絕不是一個離開男人就會跳下水去的女人。他是可以好好離開她的，爲什麼要說這樣使她傷心的話？他將永遠失去她了。她毫不做作地奉獻一切，她是一個付出生命，而不收取任何代價的女人。他再不能吻她、愛撫……忽然，他像失落了什麼，一陣空虛的感覺襲擊他。生命和他之間的距離拉長了不少，他又長大了許多。

「妳感到失望嗎？」他說。

她用手連續地捺著眼眶四周；然後逼視著他，提高聲調說：「我才不失望呢！失望的應該是你。你憑什麼獲得我？金錢、地位，什麼都沒有，我老早就該甩掉你。你眞以爲天下男人死光了？女人都是這樣賤？現在是你自己說的，忘記過去的一切……」

他覺得自己身體慢慢從地面浮升起來。她罵他，諷刺他，也非常輕視他。她有理由這樣做；她和他的地位是相等的；爲什麼過去沒有想到這一點。或許她早已想離開他了，一定要從他口中說出，她裝成一個懂愛情的女人。但離開他立刻就躺在別人懷裡，輕聲地說「我愛你」！他很早就懷疑她了。「你沒有權過問我，你不是我丈夫，你有資格管我嗎？」他的生命落空了，沒有抓到什麼。抓不住的東西是重要的。你能說道德、愛情、人性尊嚴是不重要的東西？颶風會掀倒房屋、拔起樹木；漂流的水會凝成冰塊，人爲什麼不能直立起來？她沒有理由輕視他！離婚，結婚，天才相信她的鬼話，他們是互不了解結識的，現在是互不了解離散了。或許她是要他來告訴她，「你走吧！我們完了。」然而，現在卻從他的口中說出。他中了她的圈套。

旋風似的熱浪在內心激盪，他沒有思索就衝上前去擁著她，吻她；她又癱瘓在他的懷內。剎那間，他彷彿又抓住生命中堅實的部分。醉心的香水味。不，麻辣的菸味，甜蜜而又枯燥的靈魂在掙扎——他沒有抓住什麼，那是一種錯覺。生命中最緊要的部分在片刻間飛失，像黑色煙霧般消逝了。

她喃喃地問：「你會離開我吧？」

「我不知道。」

「不要離開我吧，你不覺得這樣很幸福嗎？」她纏緊他，哀求地說，「我什麼都不要你的，只要你伴著我，愛我，讚美我；我會給你所需要的一切。」

她能給他需要的一切？她眞知道他需要什麼嗎？他還不知道自己需要什麼呢！他用臂膀慢慢撐開她，又發覺自己的存在，生命逐漸成長。河流在腳底潺潺蠢動，蟬聲在耳中長鳴。

「不用說了，你不會了解我。」他堅定地說，「我們該回去了，天已很晚了。」

他沒有等到她回答，便朝著來的方向走去，他察覺她的鼻息聲、腳步聲緊緊跟著。一場風暴算是過去了，誰會知道未來是個什麼樣子。在以往的日子裡，他們也像今天一樣吵過、惱過、好過，誰也不會知道他們的關係會維持多久。直到今天，他還想扼緊她的脖子，那都不是眞實的。你不必爲著一件事、一個人，尤其是一個壞的女人去浪費生命；生命是寶貴的。道德、榮譽、人性……統統抓不到，抓不到的東西是重要的。姊姊說：「小元，長得那麼美、笑得那麼甜的女孩子，你不喜歡？你喜歡什麼樣子的女孩子啊？」我不知道。姊姊看到跟在他後面的女人，她將嚇成什麼樣子？

她趕上拉著他的臂膀，說：「你的脾氣眞怪，冷一陣、熱一陣。害我又氣又急。你說的都不是眞的吧？」

「眞的，一點兒都不假。」

「那太可怕了，以後的日子怎樣過下去呢？你不感到難過嗎？」

他停了很久才說：「當然難過。但我們必須過下去。我們像從來沒有認識過，你說對嗎？」

前面是大路，他們必須分開了。他們不能讓人們看到他們走在一起。她說：「我們從來沒有認識過，那是眞的嗎？」

他們背對著走了幾步，她那埋怨夾著淒涼的語調，仍撞擊他的心胸。他想停下。停下做什麼呢？再回到那混沌的世界？心中有股堅硬的東西支撐著他，繼續前進。

他抬頭看天，星光被微風吹得搖晃。他又能付出多少力量支撐這個搖晃的世界呢？

距離

公共汽車向右急轉，坐在車後的胡元坦和尹亮萍，被顛簸得傾斜晃盪。尹亮萍斜倚在他右側，身體的重量和熱量都像傾潑在他胳膊和大腿上。車子恢復直線行駛，肢體移開些，仍感到她豐滿的肌肉和溫暖的氣息熨貼著他。

她說：「我們現在去看『風流王子』好嗎？我請客。」

「不好。」他說。「不能要妳破費，是我邀妳出來的……」

他有一種被征服的感覺。他沒有想去邀她，也不願意陪她看電影；但在這種狀況下，他不得不承認是去找她：不能不陪她去看電影。她主動提出來的節目，你哪有理由反對。

他不該和她緊緊挨坐在一起，那樣會使別人誤會，會使她誤會，會使自己誤會——誤會他很喜歡她。喜歡和不喜歡之間的界限很難確定。她年輕、漂亮，曲線誇張地突出，誰都不相信他不喜歡她。他自己也有點懷疑；他可以和她的肉體間隔大一點，可以在前面一站自行下車；可以不回答她的問話，甚至於剛才在她家門前看到她時，他可以說：「噢，很抱歉！我不能陪妳長談，路頭上還有人等我。」

但他卻說：「啊！好久不見，妳長得更漂亮了。」

「你眞壞，」她說。「見面就瞎恭維人。你到這兒來，就是爲了說這些廢話？」

在女孩子面前，廢話說得愈多愈好。但他到這兒來不是說廢話的，是找住在她隔鄰的徐亞秀。沒有辦法走進徐家大門，在村前村後，村左村右徘徊。一下子被她看到了。他該老早就想到她的，現在沒有辦法迴避，只有硬著頭皮和她打招呼。

「妳有空嗎？」他不得不說。「我們一起到市區去。」

於是他們一道坐上公共汽車。

車上的人很擠。站著的人吊住車頂橫槓搖晃。他們是從起站上車的，可以坐著悠閒地看那些跌跌撞撞的乘客。不！乘客正悠閒地看著他們，仔細地聽他們說話。

「那有什麼關係，」她爽朗大笑。「破費一次不要緊。」

他覺得她說話的聲音太大，大得後半截車廂的人差不多全聽到了；最起碼站在他們前面的男人是聽到了。那人穿灰條子西裝，褲管的縫很直，鞋面很亮。他眞想抬頭看看那人的面孔。不用了，他想，面孔一定是陌生的，如果認識他，上車就打招呼了。是爲了他和教養較差的尹亮萍挨坐在一起談天說笑？爲了聽到他們全部對話？爲了他本身有屈辱的感覺？他算不清那許多糊塗帳。

「可是，和男人在一起，」他盡量壓低聲音。「女孩子是不該破費的。」

「那是男人的虛榮心。」她得意地笑。「男人都很自負，有優越感……」

他眞希望她不要說話。在這樣場合怎能談論這樣問題？她實在太年輕，不知道別人對她的想法。難道她以爲別人喜歡她的議論？用這樣方法討人喜歡往往弄巧成拙。第一次見面她就給人這樣感覺，現在又如此做法，他眞後悔自己沒有早點離開她，甚至後悔不該認識她。

認識她並不是他的錯。他在吳太太家玩得很熟。吳太太硬要介紹尹亮萍和他認識。他眞沒有理由拒絕。三十多歲的男人，沒有結婚，有認識女孩子的機會還要推辭？可是，他怎能把暗戀徐亞秀的心事告訴吳太太？

尹亮萍先到吳太太家，接著她母親也來了。她母親不到五十歲，乾枯黑瘦，左腿跛著走路。亮萍見到母親走進吳家，眉頭皺起，小嘴翹得很高。她眞年輕，一下子就把自己的不滿全部表現出來。

他和她談話時，她母親插進來問長問短。今年幾歲啦？家裡還有什麼人啦？喜歡吃些什麼啦？

女兒立刻搶白道：「少說兩句，少管閒事好嗎？」

母親眞的不說話了。她是獨生女，母親一定非常寵愛她。看樣子她已嫌母親囉嗦，擔心母親的肢體殘障影響別人對她的好感。怎料到她這樣不尊敬母親反而增加別人對她的厭惡。

他的確感到很痛苦，因爲無法表示出自己喜愛和厭惡的感覺；也可以說吳太太不讓他有表白意志的自由，她替他們約好會晤的時間和地點。

兩人單獨在一起，她談她的工作，她的同學，她的愛好。她說，她愛爬山，也喜歡騎馬，因爲她願意在高山的峰頂俯瞰大地；更願意騎著良駒在荒原馳騁——她的愛好正像她說話一樣，喜歡睥睨一切，不顧一切。

他陪她爬了一次山，以後就不願和她在一起了。今天又得聽她的嘮叨，他怎麼辦呢？

他說：「我們不一定要去看電影，可以逛馬路、逛公園、瀏覽櫥窗……」

「好。」她說。「這樣誰都不破費，也可以解決我們的爭執。我的脾氣就是這樣，想到哪兒就到哪兒，不能打折扣。你覺得我的脾氣怎麼樣？」

「噢……我還不了解。」

「同學們都說我個性倔強，」她接著說。「不接受別人意見。你說好不好？」

他不想回答。因爲他正想起徐亞秀。她也不接受別人的意見。如果她不任由母親束縛，接受他的意見就好了。

徐亞秀已二十六歲，該是出嫁的時候了。她母親爲什麼硬要替她做主？說單身的男人，沒有房屋、田地、財產的男人，一定靠不住。

徐亞秀眞的聽母親的話。他們預約在「龍泉」咖啡館見面時，她母親陪著一道來了。

他的心往下沉，一種不祥的預感侵襲著他。他們已認識兩年多，單獨在一起遊玩也有很多次，爲什麼今天母親會陪她一道來？不是有好消息等著宣布，就是厄運降臨。

他殷懃地接待她們，但她們不接受。不要吃的、喝的，只說幾句話就走。

媽媽望著女兒，女兒低頭深思，媽媽說：「妳把決定的事告訴胡先生啊！」

徐亞秀抬起頭，雖然咖啡館的燈光不太亮，但他覺得她眼中淚水發光。她說：「我們的友誼到爲止爲止，以後不能再見面了……」

他搶著問：「爲什麼？」

「沒有理由，」她說。「只是我不配和你做朋友，你以後也不要找我。媽，我們走吧。」

他跟著她們站起來。「妳們等一下，讓我說明白……」

母親說：「謝謝了，亞秀已講得很明白，她經過很久的考慮才這樣決定，你要原諒她的苦衷。我們走了，再見。」

他拉不住她們——拉不住她們的心。徐亞秀爲什麼會變心呢？他仔細檢討、思索，自己沒有說過錯話，也沒做過錯事，爲什麼要受如此待遇，那簡直是太不公平。他要申訴，他要問明理由。

第二天是禮拜日，他一早就去她家中，可是她一直躲在房內，不出來見他。他在客廳內和她妹妹大聲談話，說明自己的立場和看法。他想，她的房間就在客廳隔壁，一定聽到他全部的談話，她該出來向他說明理由。

但是，她始終沒有出來。她的母親開始下逐客令，他能賴著不走？他想，以後一定還要找機會來見她，問她爲什麼要如此折磨他？

可是，今天他的機會又失去了。他在門外徘徊兜圈子，沒有勇氣走進徐家大門。徐家大大小小的人對他都很冷淡，臉上好像寫著「不歡迎」的字樣。而且徐家的門一直關著，他用什麼理由上前敲門呢？如果徐亞秀的妹妹走出來，他裝著在門口碰見她，那麼或許會減輕自己的羞愧和不安。

沒有，徐家任何人都沒有走出來，尹亮萍卻在這兒出現。他一點都不喜歡她，也不願約她出去遊玩；可是當他看到那條大紅闊裙，在圓潤的小腿旁飄蕩時，剎那間改變了主意。尹亮萍比徐亞秀年輕，比徐亞秀漂亮，爲什麼他一定要受盡委屈去追求她。她不愛他，不是他的錯，他有權選擇任何愛他的人。他要和尹亮萍在一起郊遊、戀愛、結婚。尹是她的鄰居，她會看到他們的足跡，聽到他們的談笑——即或她聽不到看不到，喜歡管閒事的左鄰右舍也會告訴她：「尹亮萍又和小胡出去了，好親熱啊，手拉著手一道兒去。」「喂！你知道嗎？小胡和尹亮萍快結婚了，眞是天生的一對，不用說郎才女貌……」徐亞秀聽了以後將是後悔、妒忌、自怨自艾——他對她的突然離開，開始採取了報復的手段。

汽車突然停下，又到了一站。上下車的人不少，但站在他們面前的男人仍未下車。他眞希望那個男人早點離開他們身旁，免得他有緊張和不安的感覺。尹亮萍天眞、不懂事，不會有深刻的想法，當然她不會緊張。

他扭頭看她，她立刻側轉面孔微笑地向著他。四目相對時，他覺得她眼珠很黑很亮，有一種懾服人心的力量。他避開她的目光，視線滑過她的胸脯、黑運動衫、大紅闊裙、白色尖頭高跟鞋。她的面孔、身材、衣飾都是色彩鮮明，光輝奪目，他沒有理由不喜歡她。難道就是因爲她年輕和無知嗎？

「你還沒有回答我的問題！」她說。「我也嫌自己個性太強，想到什麼就說什麼，要什麼就拿什麼；得不到的東西，我也想辦法破壞、消滅……這樣很壞吧？你說！」

「不太好，太走極端了。」

「可是我改不掉啊！」她舉起雙臂兩手反托著後腦勺，一隻胳膊擱在他的肩頭。

「有時想想也不錯。世界上很多東西，都是靠自己的力量爭取來的。你說對不對？」

「那要看妳用什麼手段。」他說。「用不正當方法爭取到的東西也是不光榮的。」

她沉默下來。他眞希望她就這樣安靜坐到終點，下車以後去公園再討論這問題。車門關起，車又繼續行駛，那陌生的男人仍細心地注視他們，看樣子要和他們一道下車了。

「你的想法倒很『健康』，」她輕噓一口氣。「但有時候顧不了那麼多。好勝的人爲爭一口氣，什麼事都會做得出。你發現我任性做的一些事以後，會原諒我嗎？」

他不關心她這個人，也不曉得她做過什麼事，而她又是那樣年輕，他爲什麼不原諒她。

他說：「對別人的過失，我是不會斤斤計較的。」

「你眞是個好人。」她放下雙臂坐直身體，側轉臉注視他。他感到她目光中的熱火灼著他，熔化了他內心的冰冷。如果不是車上有那許多人，不是那個陌生的男人一直偷望著他們，他眞會緊緊擁著她，吻她——人和人的情感距離，往往在一剎那間會融聚爲一點，壓縮成一片。現在他覺得她的身體和內心是如此地靠近他。他眞希望她的目光能暫時閃開，輕輕地閉一下，讓他有思索和冷靜考慮的機會。他精神上的堤防快要被熱情衝潰了。

她仍注視他，微笑地說：「徐亞秀一直說你是個好人，正直、善良……」

他突然一怔，搶著說：「妳認識她？妳和她談過話？」

「你又裝糊塗了。」她笑出聲來。「她是我的鄰居啊。我們是同在一個村莊長大的。她比我要大得多，我們是無話不談的……」

「妳和她談過我什麼？」

「很普通的事啊。」她顯出驚詫的神態。「我說我們兩個爬山，到了山頂，疲倦了便靜靜躺在樹蔭下，在柔嫩的草地上享受那自然的美景……」

車子突然停住，他和她的身體都猛地向前傾倒，然後再恢復原來的姿勢。又到了一站。這是一個技術惡劣的司機。上下車的人凌亂、嘈雜，他聽不到她的話了。夠了，一切都明白了。徐亞秀是聽了她的話才決定和他斷絕來往的。她講的話沒有錯，他和她曾躺在四周無人的山巔草地上。她是那樣天眞，一切都不設防，如果他喜歡她，如果他沒有責任感，會發生了許多沒有發生的事。但她告訴徐亞秀，會使徐亞秀發生許多聯想；輕風掠過樹梢，狗尾草在身邊搖晃，乳白色的雲塊在天空飄蕩，百靈鳥尖著嗓子嬌啼……那是一個浪漫的忘我的世界。徐亞秀會想到他是一個愛情騙子，口是心非的男人。

他覺得汽車中有一層薄霧，每人的面孔矇矓、扭曲、肢體上下翻騰……這是個凌亂的世界。大紅闊裙。白色高跟鞋，代表著虛僞、欺詐、任性。她爲了獲得你，是不惜用任何手段的。那是她的陰謀。是她故意講給徐亞秀聽的。她可能還會添些枝節，使徐亞秀誤會他愛她，誤會他和她發生不正常的關係。她是多麼卑鄙和無恥啊！現在他已不相信她的年輕和無知了。

他再側轉頭，覺得她面孔是那麼陰森、冷酷，沒有一點嫵媚和嬌柔的意味。他該老早就想到這一點——她會破壞他和徐亞秀的友誼和感情；徐亞秀也該衡量她所說的話背後有什麼動機。可是徐亞秀是女人，女人往往沒有眞正的感情，只是憑直覺去喜歡一個男人或離開一個男人。

「嘟！嚕！」車掌的哨子響了，司機的引擎已開始發出呼嚕嘟的聲音，車子立刻就要開了。

他大聲喊：「下車！等一等！」

他驀然跳起，和站在他面前的男人面對面站著，那男人臉上充滿驚訝的神態。但他沒有時間研究他的表情了。同時他伸出左手向尹亮萍的面前揮了揮說：「再見，我先下車。」

他想，她臉上的表情一定比陌生男人還要難看。因爲他聽到她說：「你這人眞怪，怎麼一下就改變了主意……」

他已開步斜著身體鑽往車門，聽不到她下面說的話，全車的人差不多都注視他，都認爲他很怪吧？停車時不下車，開車了卻要大家等著他。人們或許以爲他是個土包子，第一次坐車進城——但他不管別人對他怎樣想了。人與人之間的距離愈近，愈不了解彼此之間的心靈。剛跨下車，車子就駛走了。假使伊亮萍很機警，立刻跟他下車又怎麼辦？幸虧她沒有。她右臂伸出窗口揮著，笑嘻嘻地喊：「再見！」

手臂圓潤光滑，立刻在眼前滑過。接著腦中突地浮現大紅闊裙，圓潤的小腿，山頂上的狗尾草，飄浮的乳白色雲彩……他該向徐亞秀解釋一切嗎？

車輪下煙霧，攪撲著霉黃的灰塵，遮著他的視線。他舉起右手說：「再見！」但汽車已駛得很遠，只剩下車輪壓在路上的「嘶嘶」聲。

小飯店裡的故事

一個男人，從兩邊的褲袋裡抽出手，隨即掉轉身，直向店鋪走過來。阿菊的心像要衝出胸腔，血湧擠到臉上，她緊抓著桌面的邊緣，眞擔心自己會暈倒在地上。

起初，她不明白那是怎麼一回事，不相信那是眞實的。但迎著門燈看去，他的臉在燈下躍動著，愈來愈大，大得使她認爲快要壓在自己的頭頂上。她告訴自己，她不能讓他看見，便轉過身去面對著牆壁。她希望那不是他，或者他不是到這飯店來吃飯的。如果他眞的進來了，她盼望店裡的小伙計來旺會照顧他。

「來啊，算帳。」坐在左角那張桌子上的客人叫起來。

她知道，她應該趕到那邊去。但中間隔著一張方桌，若是繞過去，轉身便要對著飯店的門。這是她不願意的事，可是不轉身又如何走得過？

「來啦——」那是來旺的嗓音。

她估計著時間，那男人如果進來，這時候應該已走進店堂，或者已坐在一張桌上了。顧客進了門要人去招呼，但她怎能對著他和他說話呢？那樣，他一定會認出她。他們已三年沒見面，或許他已忘記了。如果他還認識她，只要他在她和她丈夫的飯店裡，講一句套「老交情」的話，一切都完了，她就沒有臉面見人了。

「請坐。」那是她丈夫招呼客人進門的聲音。接著他又含糊地應著來旺：「一客……飯！」

她丈夫在門邊的爐灶上炒菜，是放不下手來接待客人的。來旺在那邊報著帳，等著客人掏錢。她實在無法躲避下去，只有低垂著眼皮，向新來的客人身旁走。他仍站在屋中。她在睫毛中看到他漆亮的鞋尖，挺得出奇的褲管。她不敢看他的眼，但覺察得他正盯著她瞧。

她拉開桌旁的靠背椅，機械地說了一聲：「請坐。」順手在另一張桌上，抓過一塊菜牌，擺在他面前。接著便去倒了一杯茶，取來裹著白紙的竹筷和墊著白紙的瓷瓢瓷碟。她的四肢微微顫慄，胸中的氣也塞得很緊。她想藉來去走動安定自己，但結果並沒有使自己鎮靜下來。她又離開了他。

忽然，他抬頭看著她，她知道那是叫她走近的意思；她腳後跟擦著水泥地，慢慢走向他。她想：他不會講起以往的什麼事吧？他到店裡來，像是很陌生的。我們離開了這麼久，他不會想到我會在這兒出現的。他一定有很多類似的經驗——那就是說，他穿過很多條黑巷子，見過很多個不能挺腰做人的女人。我現在的裝束和態度都已改變，他一定記不起我來了。

他指著菜牌最後的一項「炒鱔糊」，喃喃地說：「只有名字，沒有價錢。」忽然抬起頭來說：「我倒要點個『沒有名字』的菜。」

「沒有名字」的菜？她覺得心眞的要跳出來了。他不但認識她，還記得他們初次見面時她所說的話。

那是一個風雨之夜。她掀起門簾跨進房間，隨手闔上身後的房門。見他坐在黑暗的角落裡，向她點了點頭算是打招呼；又撇一撇嘴，示意她坐在門旁一張椅子上。她坐定後，看他把嘴裡的半截紙菸摘下來，彈著菸灰，沒有像一般的男人向她撲過來，拍拍她肩膀，拉拉她裙子。她反而感到不安。她不喜歡他這種文謅謅腔調。在這種不見天日的地方，從沒有人這樣看待她。她沒有應付這種男人的經驗，不覺低下頭來。

「妳叫什麼名字？」

「沒有名字。」

「幾歲？」

「一百歲。」

那男人笑了起來。他從上衣的插袋中摸出菸盒，打開來，伸在她面前。說：「要不要抽一枝？」

她捏起一枝菸，含在嘴裡，讓他替她點火。

「妳好像不願意回答我的話？」

「你來幹什麼的？」

他露出一排平整的牙齒，說：「妳自己知道。」

「我當然知道！」她憤怒地說，深深感覺到他言語中輕蔑的意味。「幹什麼，說什麼，請你——請你快一點兒好不好？」她說著，兩手一拉一扯，已脫下那件大紅羊毛衫。

「我的小姐，這事情急不來，我們是人——」他的一雙眼，卻不看著她，只管瞄著他自己的那雙扣得緊緊、擦得亮亮、翹得高高的黑皮鞋。

她搶著說：「是『人』？是『人』就不該來這種地方，幹這種沒勁的事。」

「那麼，妳——」他把菸蒂擲在地板上，踏了一腳。外面，雨點帶著風聲，猛烈地敲打著橫豎糊著紙條的兩扇玻璃窗。他把那句好像說不出口的話，終於說了出來：「那麼，妳去吧！」

「去就去！」她挺胸站起身來，將羊毛衫套在身上。

她不在乎得罪一個生客；熟識的客人多得很，他們去了又來，都很喜歡她。她繃著臉，腰身猛然一扭，花裙子旋得特別圓。他似乎從沒有看過這種女人使性子，不覺笑了起來。

「把錢帶走，」他從懷裡抽出一疊鈔票，塞在她手裡。「這是妳的報酬。」她愣了一下，隨即拉開房門，跨了出去。她忽然想起，她不應接受不勞而獲的財物，想將錢擲在他臉上，教訓他不能隨便侮辱人；可是，現在她已走了出來，再回去，就嫌過分了。如果讓程大媽知道，也要說她：「太不懂規矩了。吃這行飯，怎麼可以得罪人！」

可是，他並沒有生氣；一個禮拜以後，他又來了。還是問她叫什麼名字？幾歲？她雖然仍用那兩句老話應付了他，可是語氣比上次和緩得多。他坐了一會兒，逗她說了幾句話，便拿錢給她。

「你不要在我面前假慈悲，我知道你們男人，我不會感謝你。」她拿了錢，刻薄地說：「既然做這種交易，就不想討人家的便宜。」

是的，她實在不喜歡他這樣；反而有點恨他。在他面前，她發現了她自己，覺得她做著卑賤的職業。以往，在任何男人身旁，她雖沒有高過他們的感覺，但起碼，她認爲她和他們是平等的。爲什麼不平等呢？那是金錢和人慾的交換。但在她面前，他裝得那樣地聖潔，那樣地高超，她怎能和他相比呢？

她從不注意客人的臉，從不研究客人的穿著，那原是一種避免憎厭客人的辦法。在職業上，客人的老少醜俊，和衣服多少厚薄一樣，是不值得注意的。但此刻他站在她面前，她可要看清他了，那是一個討女人喜歡的白淨面龐。因爲他有一張白淨的臉，她也就相信他有一顆白淨的心。

「妳的自卑感太重了。妳說話誇大，妳的心靈是空虛的。」臨走，他說。

說完，他自顧自地走了。她關起房門，流了半天眼淚。她可以拒絕他的侮辱，卻無法拒絕他的憐憫和同情。

以後，她就習慣於和他交談了，她也願意將自己的一切告訴他。她說，她四歲就死了父親，母親改了嫁，她就跟著母親過活。繼父待她很好，她讀了一年初中，可是母親死後，繼父就時常打她，罵她，虐待她。她逃出來在裁縫店裡做工。裁縫店也是老太婆開的。老太婆樣樣關顧她，替她買鞋子，做衣裳，帶她看戲，吃點心。老太婆說她，勸她，逼她，她便捲入了這一行見不得人的職業。

「那麼，妳也希望改變妳的生活了？」他問。

「哪有天生的賤骨頭？誰不想清清白白的做人？」

從此以後，她認爲清談也是她職業上的一個項目，拿了他的錢，並沒有被侮辱的感覺。不過，在離開他時，內心總有點不安，好像欠他一些什麼似的。

一天，深夜。她像平常一樣揭開門簾走進房，見他躺在床上，面色紅紅的，像喝醉了酒，眼睛發著模糊的綠光。她嚇得倒退了一步，不知如何應付他。她覺得在此刻這人很怪。

「來！」他說。

她並沒有向前，只是凝視著他。她希望是自己誤會了他的意思。

「來啊！」他的手揮舞了一下，顯出不耐煩的樣子。

他和她也平等了。

她後來覺得他並不比她高超，他只是多花了一點金錢和時間，除了正常的收穫以外，還想得到一點情感。但她並不信任他。在這種環境裡，她是無法信任任何人的。她知道他叫王斌，遭受到婚變，太太背棄了他。他現在是唾棄著人生和愛情。她對他的自甘墮落感到惋惜。他和她一樣，生活在悲哀的命運中。

半年後，忽然不見了他。她一個禮拜又一個禮拜地期待著，仍不見他的影子。她知道他會像拋棄一隻喝光的汽水瓶似地拋棄了她。儘管他曾說過：「做我的太太吧。」每個熟識的客人，都曾這樣說，她從沒有當他們講的是眞話。當然，她也不會相信他所說的；所以她並沒有存奢望，認爲他會娶她，或是安置她。她也會厭棄他的，可是，在她還未厭棄他的時候就不見了他，總覺得有難以補償的遺憾。

她慢慢忘記了他，更拋棄了那種生活。在這種行業裡，老太婆——程大媽算是好人，讓她集聚了幾個錢，讓她和現在的丈夫結了婚。他們生的孩子再幾天就要過周歲。時間把往事撕裂成碎片，任何針線都無法縫補。他今天來又影射著過去的事做什麼呢？

「炒鱔糊是時價，」她聽他說得不像話，只有裝著不懂。手扶著桌角，表情很嚴肅，她側身對著門外，看她丈夫正割著案板前架子上的一塊肉。她提著嗓子叫：「毛頭的爸，炒鱔糊多少錢？」

「黃鱔賣完了，黃魚倒很新鮮。」她的丈夫說。

「鹹黃魚我不吃，炒子雞——啊，炒子雞，老闆娘，越嫩越好！」

她兩腮的熱度增高了。她的丈夫已回頭看過他們一眼，他的丈夫是很信任她的，她不怕丈夫。但還是不和他搭訕的好。她盼望這時有客人走進來，或是她丈夫叫她一聲，她就可以藉機離開這張桌子。但什麼事故都沒有發生，她仍站在他身旁。

「喝酒嗎？」她問，移動著腳步，像立刻就要走開似的；但是她在等著他的回答。

「好吧，一瓶高粱。」他變著腔調說：「切一小盤『心肝』！心肝先來。壞的不要，揀新鮮的。」

她白了他一眼，叫了一聲「炒子雞，拼盤，豬心、豬肝雙拼」，就走到櫥旁去拿酒。她心裡在想：他來了，眞的來了。他現在要將責任推到她身上，難道她結婚是錯誤的？她想：爲什麼突然不見了他？他願意她永久過那種浪蕩的生涯，他是一個多麼狠毒的流氓啊！他要醉倒在她面前，倒在地上像條泥鰍；但那與她有什麼相干？不，不能，不能讓他喝醉，她又想起了他醉酒時那副可怕的面孔。她把酒瓶和酒杯重重地放在他面前，低著嗓子說：「少吃幾杯，不要鬧笑話給人看。酒，認杯算，吃剩的可以退。」

「是的，是的，妳說少吃就少吃。這裡人多，喝醉了不好看！」他眼睛看著她。

「還要什麼菜？」她大聲切斷他的話。

她丈夫在砧板上切著什麼，轉過頭來看了她一眼。來旺一手端著一碗牛肉麵，從她身旁擠過去。她應該撇開他，要來旺招呼他就好了。他爲什麼盡纏著她呢？現在她是有丈夫、有孩子的人。她趁她丈夫和來旺不注意時又輕輕補了一句：「在飯店裡喝酒吃菜，不要說不三不四的話。」

突然搖籃裡睡覺的小孩哭起來；門前又響著鐵杓敲著鐵鍋的聲音。她掉轉身走向牆角，一面喊著：「來旺！端菜。」

她抱起小孩，坐在搖籃旁餵奶。她背朝著他；但隱約地覺得在注視她。她家中養的一條大花狗，用牠的頭擦著她的膝蓋，在她腳邊躺下來。她用腳輕蹴著狗脊背，狗微微撐開一隻眼，兩耳垂下，喉嚨裡唔唔地哼著，像是在用整個心靈享受她的愛撫。牠是非常尊敬她的，她想；可是他呢，卻將她看得一文不值。她眞的是一文不值嗎？

當然不是的，她已爬出泥溷，抖落滿身的穢汙，建立了一個家，過著靜謐的生活。他爲什麼仍要輕視她呢？她是應該瞧不起他的。三年了，這麼長久的歲月，他還在買賣式的愛情中廝混。今天看到她，看到她的生活，又提起憎厭的往事，使她覺得要嘔吐，她眞不願意再看他一眼。

她倏地站起身，抱著小孩，衝向窄狹的走廊，進了自己的房間。她把小孩哄在床上睡了，便呆坐在房內，感到自己有點哆嗦。剛才是太緊張了。她在他面前，總感到有點窒息；在別人面前，是沒有這種感覺的。她結婚後，有時也會想起他。她的丈夫是個本分人，不會甜言蜜語那一套，可是將一切都獻給了她。有了她，他就感到滿足。除了她，便什麼也不想。他是多麼地純樸啊。可是王斌呢，在他的眼中，沒有一個人，沒有一樣事是重要的。他雖然不是一個冷酷的人，但只知道有自己。那樣地不顧她的處境，那樣地卑視她，憶起他對她的那股狂勁兒，使她恨——

在矇矓中，她聽到她丈夫的叫聲，趦趄地走出來，第一眼看到那張桌子空著，她的心舒貼了。猛抬頭見她丈夫身旁，站著一個女人。她上前幾步，見到那張滿口金牙的大嘴。「那不是程大媽？」她的心又緊縮起來，僵立在屋中發愣。

程大媽轉身走向她。「嫂子，有空嗎？」沒有等她回答，便接著說下去。「裁了一件衣服，拼呀，湊呀，總不對頭，一定要請妳幫忙呢！」

她瞪著程大媽，一步一步向後退著走。她已鄭重地警告過她，禁止她走進這飯店的門，今天爲什麼又闖進來？

她已退到板壁了，憤怒地揮著手臂。「不去，沒有空！」假使店裡沒有她丈夫，沒有來旺和客人，她會重重地抽她一記耳光，她太不重視她的警告了。

程大媽緊跟在她面前，低聲說：「那是王斌啊！」

是的，見到程大媽，她就想到她與王斌有關，她就是在程大媽那裡結識他的。

「他與我有什麼關係？」

「可是，」程大媽詫異地看著她，上嘴唇上的一粒黑痣在扭動著。「妳從前──」

「從前怎樣？」她不讓她說下去。她一直是在程大媽裁縫店內工作，並不經常到程大媽家裡去；有客人，程大媽才來招呼她。在結婚以前，她曾拜託程大媽，見到他時便來通知她。「我們只談現在，」她說：「妳還不知道我現在的處境？」

「知道啊，當然知道，」程大媽嚥了一口唾液。「我已告訴過他，他還是要我來，他說妳會去的。」

好啊，他說妳會去的，妳就這樣下賤嗎？妳爲什麼要去呢？這是他的一種自傲，也是對妳的輕蔑啊！

「不去。」她見她的丈夫已向這裡走過來。「我沒有時間，我也幫不了忙。」

「妳去吧，這時客人不多。」她丈夫環視店內，見寥落地坐著三兩個客人。「我和來旺會照應的。」

「我不去，」她瞪著他。「我的事，不要你管。」

「妳啊，有點不近人情，」他退後一步歪頭瞧著她。「人家請妳，妳就要去幫忙，朋友是應該互相幫忙的啊！」

幫忙，天才知道幫什麼忙。她想，如果他知道程大媽是她的什麼朋友，就不會講得這樣輕鬆了。他的愚蠢與無知，卻使她惱怒。「住口吧，煩死了——」

她的丈夫窘住了，不懂得她哪兒來的怒火。這時，當著別人的面頂撞他，使他下不了台。他帶著歉意的目光看著程大媽，好像她沒有答應去幫忙，這責任應該由他負似的。

「剛才走的客人，那個吃高粱酒的，好像認識妳？」他想改變話題，打開僵局。

「認識，認識又怎麼樣？」她逼著他說：「早告訴過你，我的事，不要你管！」

「爲什麼我不能管？」他覺得程大媽用憐憫的神情注視著他，他定要表現點丈夫氣概了。「今天我就要管！」

「好，你管吧！」她從倚著的板壁上站直了身子，說：「程大媽，我們走啦。」

程大媽嘻笑著，那粒黑痣又在扭舞了。「是啊，我知道妳會去的。」她得意地擺著手。

她厭惡程大媽的笑法，更憎恨她講這句話的語氣和神情。她憑什麼知道她會去呢？她也有資格輕視她嗎？她又想抽她一記耳光了。

突然，一個湫隘汙穢的房間展現在她眼前，只有一盞五燭光的紅色燈泡在閃爍著。她彷彿推開門，看見王斌躺在床上，上嘴唇貼著一枝菸。他說：「來啊！」她不知道怎麼辦？難道再躺在他的懷裡？那麼，他就更賤視她了。她想，她應該告訴他，他們的關係斷了，希望他不要再纏著她。但他不會相信她的話，她將無法抗拒他的一切。一道黑流在她內心爬行著，靈魂的震顫，愛撫，慾，大地在她身旁崩裂。她的背不自覺地已全部溼透。

「我知道妳會去的。」她丈夫也笑起來，學著程大媽的口吻說。「成天在店裡忙呀，悶呀，脾氣也累壞了，快出去散一會兒心吧。」

他陪著她們向門口走了兩步，指著牆邊的搖籃說：「來旺，把那件羊毛衫，不，那件大紅的，拿給師娘帶著。阿菊，夜晚回來涼呢！」

她的心兒一軟，眼淚幾乎滾了出來。他是如此地善良，如此地信任她、重視她。

「我偏不去。」她撅起嘴唇，搶前一步，坐在桌旁一張圓木凳上，撞得桌面上的胡椒瓶、醋瓶、醬油瓶滑到桌邊，差一點跌在地上。

「妳快走。」她對程大媽下逐客令。

「什麼？」程大媽和她丈夫同時發出詫異的聲調。

「我早說過，」她瞪了丈夫一眼，便轉過身去朝著牆壁。「我的事，不要你管！」

「妳啊，眞是個婆婆媽媽的女人。」她丈夫搖搖頭，目光跟著向門外走去的程大媽。

他在圍腰布上擦著手，低聲說：「女人眞不好懂！」

小桃子

他搖搖晃晃地站起來，兩隻發抖的手撐在膝蓋上，腰還沒有挺直，又頹然坐在五寸多高的矮木凳上。

「怎麼樣，小桃子？打一架，起來嘛！」那個斜眼老七捏著嗓子對他笑。他覺得笑聲中嘲弄和輕視的味道，要比說出來的大得多。他怎麼辦呢？

他姓陶，在這走廊上一順排七個擦皮鞋的人，都叫他做「小桃子」。他今年十五歲，和他們比起來實在是太小了。斜眼老七有三十多歲，小白頭快四十了。在他右旁的阿蘭，也有二十出頭。阿蘭和夏大嫂都是女人。從上月起兩個女人加進來，他就覺得這地方熱鬧得多，但糾紛也漸漸增加，還替他惹了不少麻煩。他們明爭暗鬥，如果沒有討到便宜，就要在他頭上出氣。今天，不知怎的，話頭一轉，就落到他身上。老七說：

「小桃子真可憐，沒有媽媽，沒有爸爸——」

小白頭插嘴道：「沒有爸爸？誰說的？他爸爸能跑，能動，能吃……」

他家中的事，他們彷彿全知道。像這樣的話，也不知說過多少次了。他明白，這是作弄他。所以他仍舊低頭對著客人的右腳，細心地塗油。

「我說他爸爸是廢料。」老七說，「廢料，你們懂吧？所以他媽媽就跑了……」

大家的鬨笑聲，打斷老七的話。老七的笑聲尖銳得快要刺破他的耳膜。一股氣從小腹向胸腔膨脹，直衝向喉頭。他覺得再也無法忍受，便突地站了起來。

站起來，又能怎樣？講理講不過他們；而且他們說的都是事實，事實沒有辦法改變。但是，他們爲什麼常在他面前提起他不願提的事。講不過他們，難道還能和他們對打？不能講，又不能對打，只有倒抽一口冷氣再坐下。

坐在椅上悠閒地看報紙的客人，移開目光看他一眼，客人或許沒有聽到他們所說的話，以爲他已把鞋擦好了，才看看他，又看看伸在腳蹬上的皮鞋。工作還沒有做完，塗上油的鞋面還沒有擦亮。客人皺起眉頭，像嫌他擦得太慢，也像奇怪他忽然站起又忽然坐下。

他拿起橢圓鞋刷，用力刷鞋面。老七的話，看樣子只有嚥下肚了。

小白頭說：「你向小桃子挑戰？說不定他會和你拚一場。他人小心不小，力氣也不會小。」

「笑話！老子可不在乎。」老七從矮凳換坐在圓背籐椅上，左臂伸出來就像畫了一個大圓圈，說：「來吧，有種！」

小桃子放下毛刷抓起長長的布條，兩手扯著，迅速摩擦客人的皮鞋。他想不透老七為什麼要跟他為難。他平常都很尊敬老七，老七也往往以長輩的身分教訓他，告訴他做生意的方法，他都顯出很聽話的樣子——實在也很聽話。他不搶老七的生意，而且收攤的時候常常幫老七背用具；難道是太聽話了，他才被認為是一個可欺的孩子？

「像小桃子爸爸那種人，活著眞不如死掉，」老七左腳擱在踏板上，右腳架得很高，一副得意的樣子。「簡直浪費了鹽和米。哼，要是我啊——」

「你便怎麼樣？」小白頭接口問。

「我就把他媽媽抓回來。你們曉得吧？從『那個地方』抓回來。」

又是一陣鬨笑。這時候沒有工作的是老七和瘦皮猴。那就是說，老七所說的話，除了他們伙伴聽到以外，還有五個客人也聽見了。他覺得額角的汗珠滴下，視線模糊。抓著布條的雙手還用力扯呀扯……

「怎麼樣？好了沒有？——」客人把報紙摔在地上，睁大眼睛盯著他，左手指著皮鞋：「你攪什麼鬼？」

他嚇了一跳，目光回到客人的腳上。哦，客人淡黃條的襪子，接近鞋口那一段已變成黑色。他在初擦皮鞋時，曾把一個客人的褲腳管染汙一點，那客人就踢他一腳，幸虧閃得快才沒有被踢中，但到底免不了挨一場臭罵，擦皮鞋的錢當然更拿不到。今天，把襪子染汙了一大塊，看樣子這客人也不是好說話的，他會受到怎樣的待遇呢？

「蠢驢！」客人猛地抽回右腿，用力踏著皮鞋，「什麼根生什麼種！」

客人說完，從褲袋掏出一把零票，抽出三張，一張一張地摔在地上；把其餘的塞回袋內，輕蔑地看他一眼便昂頭走了。

他彎腰低頭，慢慢從水泥地上撿起那三張零票，捏著鈔票的手抖著、抖著……客人顯然聽到老七的話了，所以才罵他是蠢驢，還有什麼根啊、種啊的。他希望那客人乾脆踢他一腳還好受點。然而，那客人實在輕視他，顯然更輕視他父親。他為什麼要受人輕視呢？就為了做錯那一點兒事嗎？他可以賠償損失的。他應該喊住那客人，把三張小鈔票還他，不，也用同樣的手法和態度擲還給他——

抬起頭，那客人已走得很遠，挺著腰桿、兩肩聳呀聳地向前走。喊叫嫌太遲了。一個小孩，幹的又是這種職業，此刻除了忍受還能怎樣呢？

緩緩吸了一口氣，把鈔票搓成一個小圓捲，塞進長方形木箱的角落裡。他的心始終像鈔票那樣蜷縮著，客人聽到他們的話會怎樣想呢？為什麼老七要說這些話呢？他解不開心中的悶結。

「小桃子，那個客人瞧不起你，也瞧不起你爸爸，嘿——嘿——」老七的笑聲拖得很長，很難聽，「好吧！打一架，怎麼樣？」

小桃子低下頭，膝蓋靠攏，左頰貼在膝頭上。他必須學習忍耐，和老七爭論是不會獲勝的。

「你們這些人，就會欺侮小孩子。」阿蘭突然插嘴了，「你看，小桃子怪可憐的。」

「別胡說，誰欺侮他？」

「你們這些男子漢大丈夫，眞不怕羞！」夏大嫂也說，「打贏了小孩子又有什麼光彩！」

「對了，對了。」小白頭拍起手來，「女人和小人站在一起，老七栽定了！還不快賠罪！」

小桃子感到更不好受。爲什麼大家要想到他、談論他？他希望他們談生意經，談嘲弄客人的事。老七常常會故意大聲對客人喝道：「擦吧？兩塊！」有時看見年輕女人經過攤旁時，更會含糊地喊：「三塊，來吧？」行人走遠了，大家便互相學著喊叫嘻笑。他原很討厭他們說粗野話時的語氣和態度，但此刻寧可聽他們講那些下流話，只要他們不再談到他和他的父母。

「賠罪？向誰賠罪？」

「阿蘭哪！」小白頭冷笑，「阿蘭的話你敢不聽。」

老七在平時總設法向阿蘭討好；小桃子想，這時阿蘭出來干涉，老七該不會再向他囉嗦了吧？不過他聽出小白頭說的不是眞話，其中含有另外一種說不出來的意思。這樣想，反而覺得恐懼起來。

「爲什麼我要聽她話？」老七站起來，「你才像隻狗，成天跟在她身邊搖尾巴！知道吧？人家看都不看你一眼……」

譁笑聲把老七的話打斷。小桃子沒有笑。阿蘭和小白頭冷冷地低下頭，看來是感到難爲情。現在，小桃子似乎輕鬆些。

老七向前一步，轉過身來面對他，右手摸他的頭頂：「小桃子，你媽媽……」

笑聲更大了，還夾著響亮的口哨聲。突然，十幾年來的事情，彷彿全部出現在他眼前：糖、木馬、母親的臉孔、要倒塌的破屋子、白鐵皮手槍、黑書包、床、躺在床上的父親……他覺得肩後有人窺視他——當然不會，老七和他站在一起，只是大家聚精會神地瞧著他……他噁心得要吐了，覺得身體倒豎著慢慢往下降落——

他兩腿用力，一寸一寸地向上撐起，感到疲乏、口乾，又坐在矮木凳上。第二次站起時，雙手扶著矮木凳，終於站起來了。

站起來幹什麼呢？他不知道。他的頭只和老七的肩膀一樣高，但主要的還不是這一點。他的身材是瘦瘦的，只有薄薄的一片。看到老七肩膀又寬又厚，臂上的青筋都暴露出來，他口裡有股青銅味，兩腿輕微地顫慄。

「你太……太……欺侮人，」他結巴地說，「我沒有……沒有惹你……」

「這是我的自由啊。誰欺侮你？你娘老子能做，我倒不能講！」

他全身的血液沸騰了，好像快要溢出血管。他覺得最好的辦法就是逃開，再不要看到老七滿臉不懷好意的神氣，再不要聽那些又髒又使他難堪的話。能夠嗎？不能！客人們都不認識他，他其實也不在乎客人們，但小白頭、夏大嫂、阿蘭……都在注視他。

老七的右手又擱在他肩上。他扭動腰桿伸出左臂挪開它。接著蹲下來，抓起木凳，猛向老七的頭頂砸去。

「好啊，小子！」老七的頭迅速讓開，但木凳仍堅實地擊在老七肩上。老七伸手就攫住了他，抓著他拿木凳的手臂，狠狠地對他胸膛揮了一拳。

他搖著扭著，前衝後退，都沒有辦法掙脫老七的掌握；他的氣力太微弱了。他用頭撞、用腳踢，都沒碰到老七的身體。現在，他聽不到笑聲、談話聲，但他覺得走廊上有很多人圍著看他，討論他……他是被打敗了。汗水和淚水遮住他的視線，他繼續掙扎。他不能確定自己是不是哭了，他想自己總不致哭出聲來。他原不想打架；然而，他打了，還打敗了。老七的拳頭又揮過來。忍受吧，痛又算什麼？他把眼睛閉起……

拳頭沒有打下來。哦——小白頭伸出雙手插在他們中間。木凳被小白頭搶去，他的左手空了。現在他才發覺，剛才只用一隻手和老七搏鬥，假如早點抛掉木凳，也許不會吃那麼大的虧。但做了蠢事再後悔又有什麼用。

小白頭的手抓住老七的肩頭，大聲說：「放開他，不要欺侮孩子，我們來較量較量！」

他被放開了。老七和小白頭面對面站著，兩人臉上的怒容逐漸增加。「打吧！」他想，「你們兩個打一架吧！」誰打傷誰，都與他不相干。當然，他是希望小白頭打贏的。小白頭剛才替他解了圍，平時小白頭也不像老七那樣說很多挖苦他的話，他怎麼不希望小白頭狠狠揍老七一頓呢？

立刻就使他失望了。老七臉上換了笑容，說：「算了吧！逗孩子玩的，還認眞？」小白頭把捏緊的拳頭鬆開，後退兩步，半躺半坐地斜倚在圓背籐椅上。

人群散了。來了一個客人，抓起老七的報紙，坐下，右腿伸在腳蹬上，再低頭看報。老七匆匆地坐下自己的小木凳，撿起箱中插鞋口的皮、刷子、布……開始工作，像已忘記剛才打鬧的事。

小桃子抱著手臂，呆呆地站在那兒注視他們。他們都輕鬆地工作或閒眺，只有他懊喪地被冷落在一旁。他又能希望得到什麼呢？他們都是成人，而他是孩子。受損害的是他自己，與別人有什麼關係呢。

太陽慢慢低落，陽光從圓形的水泥柱角擠過來，照耀他的眼睛。他不能面對著陽光。轉過身，便看到阿蘭用憐憫的眼光看他，好像在說：「多麼可憐的孩子，你爸爸媽媽眞像他們說的那樣糟糕嗎？」

他低下頭，不敢再看阿蘭一眼。她這樣待他，要比老七諷刺他更使他難受。他不能再站在他們面前了。

突然起了一個逃走的念頭；沒有時間讓他考慮，他就拔開腳步向前衝，衝啊，衝……

「小桃子，到哪兒去？」他聽出那是阿蘭的聲音，但眼前的人影、水果攤、撐遮陽傘的女人們……攔住他的去路，他沒有時間和心力去聽阿蘭的喊叫了。

「小桃子，小桃子……」

他滑過走廊的轉角，但後面有一隻手緊緊抓著他，使他無法再向前衝。扭轉頭子，見是小白頭挺硬地站在他身後。他說：「讓我走，不要管我。」

「到哪兒去？連擦皮鞋的傢伙都不要了？」

「不要了！我，我不擦皮鞋了！」

「就爲了和老七吵架？」

他搖搖頭，眼淚注滿眼眶，喉頭梗塞，說不出話來。他該怎樣告訴小白頭呢？他們這樣談論他的父母，他怎有臉面再和他們一起工作？——而且他自己一點兒也不知道事實眞相。現在他要回家去問父親了，可是父親會告訴他嗎？

父親整天悶坐在家中，兩眼直視門外，像是等待著所想念的人回來。難道是在等待母親？母親在四年以前離開家。那時父親在工廠裡工作，他還在小學念五年級。……放學回家沒有看到母親。晚飯是父親做的。父親說母親晚上會回來，哄他睡覺；第二天早上醒來，沒有看到母親，連父親也不見了。他放聲大哭，隔壁的張媽媽過來告訴他說，父親去找媽媽了，會和媽媽一道回來。……三天當中，都是張媽媽照顧他吃和穿。他焦急地盼望父親和母親一起回家，最好母親的手裡還拿著他愛吃的軟糖或蛋糕。……父親回來了，面龐瘦了，說是沒有看到母親。……父親以後便常常出去找母親，三天、五天，甚至一個禮拜不回來。……有一天，父親又是獨自回家，從此以後，父親不去工作，也不再出去找母親。他們從整潔的宿舍搬到那歪歪倒倒的木屋。他們的生活已發生問題，父親沒有能力也不想維持這個家了。

這以後，他的書念不下去了。送報紙的金伯伯要他幫送一部分報紙。他只送了二十多天，一群太保欺侮他，他單獨和太保們打了一架。他被打得眼睛青腫、額角還有一個洞。他送的報紙，全被那些太保撕得粉碎。金伯伯再不要他做這份工作，他只好閒在家裡，整天和父親在一起。但父親並不關心他，更不關心家中的柴、米、油、鹽。家中全部的責任都擔在他肩上，他要維持自己和父親的生活，就要想辦法去賺錢。

他叫賣燒餅油條，打掃公園，又穿起白色制服、戴著鑲紅邊帽子站在咖啡館門前幫男男女女的客人開門。但他都一一離開了那些職業。不知道爲什麼，到處都有許多他不喜歡的人，到處都有許多他看不慣的事。不是人們打他，就是他打那些欺侮他的人；他覺得自己年紀雖小，卻有一股不平凡的膽量。

每當拖著受了傷的身體回家，父親會平淡地問他：「回來了？帶些什麼回來？」他總是搖搖頭便倒在床上，父親卻只管向他討取吃的東西，譬如香菸、餅乾、香蕉之類。

父親從不查問他爲什麼和別人打架，也不管他受傷到什麼程度，父親不關心兒子，也不關心自己，只關心母親。平時總聽到父親輕聲地呢喃：「你看到媽媽？」

「什麼呀？媽媽？」

「沒有什麼。沒有。」

是的。他整天在大街小巷穿來穿去，父親希望他會把母親找回來。他卻沒有想到去找母親；也不知道去什麼地方會找到——他時常在想，今天賺的錢多，買了這包最好的香菸，父親一定會高興地說：「乖乖，你長大了，能幹啊——」

然而，父親從來不把他當大人看待，什麼話都不和他談論。他幾次簡直想對父親大聲地喊：「爸爸，什麼都沒有帶回來，只帶回一顆破碎的心！」

但他還是忍住了，他只有十五歲，擦皮鞋的職業做得最長，已有兩年多。他已學會忍耐，學會照顧自己，還可以照顧父親。他希望父親能發現他的能力，發現他懂得的事比平常十五歲的孩子要多得多。現在沒有——父親一點都不想了解他，不過，總有一天父親會承認他是大人，和他談論……

爲什麼父親不和他談論母親的事？難道父親以爲他不想念母親嗎？假使有母親，他想，他該不要自己燒飯洗衣裳吧？在外邊受了傷，回到家，母親該會替他洗抹血跡、敷上藥膏，然後輕聲安慰他：「孩子，不要再打架了。多忍耐一點……」

他始終認爲母親是個仁慈、善良的女人，而今天老七卻說母親是個壞女人……他眞不敢想下去。難道就是這個緣故，父親才不和他談到媽媽？但如果母親眞是個壞人，爸爸怎麼還會想念她，希望她回家？……

他再搖搖頭。小白頭會知道他搖頭的意思嗎？他不懂得老七、小白頭、阿蘭他們，對他是怎樣的看法；也不懂父親爲什麼要痴呆呆地坐在家裡，像半死人一樣地什麼都不管。他這時的搖頭，表示了失望、痛苦、不了解成人……

「不要聽老七的話，」小白頭又說了，「你還不知道嗎？他就會胡說——」

「我媽媽的事——你相信是眞的？我不知道——」

「不信，不信，誰都不信。」

「阿蘭她們也不信嗎？」他遲疑地再問，「他說的時候，大家都在笑，笑我。我要回去問爸爸——」

「別傻了，也不要問了。講過就算，你眞的不要擦皮鞋了？」

他仍舊搖頭。「我不知道。我要回家想想。如果我是大人，他們還會當面講我？不會吧，是不是？」

「不會，不會。明天再來吧，一切都不是眞的。傢伙由我來保管，明天就開心了……」

小白頭回轉身走向擦皮鞋的攤位，他也懶懶地搬動沉重的腿回家。

「這並不是我的錯……誰都不重視我，」他想，「老七應該留給我自尊。……不要當面講。講了又怎樣？……問爸爸，爸爸會告訴我嗎？……路又走錯了，該回頭走。……錯的地方太多了，究竟是誰的錯，人們爲什麼不原諒我？我該原諒別人嗎？」

他看到街頭的行人、鐵皮招牌、洋傘的尖端，他的眼淚終於又滾了下來。

寂寞的世界

李大中併腿跳進宿舍，倚在兩層的雙人床架旁，微微喘息。

正好，房間裡沒有一個人。同學們都在校園裡、操場上活動。他知道在放學後吃飯前，大家不會進宿舍。只有他才配享受這房間內的寧靜——

可是，現在他怎能寧靜下來？心「撲通撲通」跳；他沒有照鏡子，看不見自己的臉色。他想，一定是紅紅的。如果同學們在房間內，定會懷疑他……

不會的，任何人都不會懷疑——懷疑他是個賊。他是有錢人家的子弟。吃不完，用不了，有高級享受，會偷人家的毛衣？「呸！一件毛衣值得了多少錢？瞧瞧你那副窮相，敢賴我偷你的東西？馬上告訴老師去。」「可是毛衣不見了，只有你在教室！」「我有責任替你保管嗎？你交給我的嗎？」「沒有。」「那麼滾開……」

額角有汗滲出。他舉起左手，抹了一把，黏糊糊的。手臂垂下時，順便摸一下胸側的肋骨。隆起的，綿軟軟的。不錯，是毛衣，淡灰色毛衣。該藏在什麼地方？墊被下，不妥。他們如果找衛生紙，掀起墊被就會發覺。床下的皮鞋盒內，安全嗎？拖出皮鞋。很好，很好。「借新皮鞋穿一穿，出出風頭，好嗎？什麼！是毛衣？張成泉的毛衣是你偷的。小偷！不得了啦，快報告訓導主任。」集合鈴，哨子聲急促地抖動。「本校出了一件最不榮譽的事……」該快點想辦法藏一藏。吃過晚飯，登記，請假。送到當鋪，滿當，滿當，永無消息。誰會知道？

「你是壞孩子，十五歲，念初三，就學會偷東西，進當鋪。而且不是第一次。」第一次是「霸王」手錶。以後是蝴蝶牌口琴、鋼筆、錢……這是第幾次？快想辦法藏起來吧！放在小白兔的窩裡好嗎？大家都逗兔子玩，怎麼可以呢？毛衣太大了，不像手錶、鋼筆，可以隨便塞在哪個角落。困難總得想辦法來克服，後悔難道解決得了問題？拿出來，隨便擱在床上，他的床是上鋪，別人不會注意。看到又算什麼呢？張成泉的毛衣隨便丟在教室裡，他怕會被別人拿去了所以帶回來，是多麼光明正大。

他掩在門後，解開胸前的兩個鈕釦，掏出毛衣來。擺在書桌上？披在椅背上？還是掛在門後的鐵釘上？籃球拍在水泥地上「撲通撲通」，汽車喇叭「呼啦呼啦」。隨手塞進空的帆布書包，捏緊搭釦，天衣無縫，書包掛在床架的方頭柱子上。

找點什麼事做做呢？太激動了，書看不進去。「我是誰啊？我又做了什麼啊？」吃飯的鈴聲還沒響。大家到哪裡去了？「我不要拿毛衣的，可是，零用錢花光了，家中沒有送錢來。昨天是禮拜日，回家就好了。」「媽媽會塞給你一疊鈔票。不好的錢，你不想拿，對嗎？如果爸爸給你，那就不同了。」「可是！我沒有爸爸——」「誰關心你，照顧你？」小白兔必須照顧。餓了？冷了？

他退後三步，轉過身去，蹲在木籠旁，打開門，一手抓起一隻小白兔，擁在懷內。年輕的王子打開神燈，一陣濃煙冒起飄向天空，王子騎在白兔背上，隨著煙霧升向天空……神話，當然是神話。關了一天，兔子需要活動活動，到操場去、校園！人多極了，怪彆扭的。宿舍前面的草地不是很好嗎？

兔子在草地上溜達。低頭嗅著、啃著青草，多麼輕鬆自由啊。潔白的毛。耳朵好長，轉來轉去，好滑稽。可惜，牠們上唇中間都有裂口，是美？是缺陷？不偷東西就好了。「老師同學都喜歡你。媽媽像照顧小白兔一樣照顧你。」「孩子，冷嗎？孩子，餓了嗎？先吃幾塊餅乾。媽媽馬上燒飯——」「十三點」、「小胖子」……他們的媽媽都是這樣的，都對他們很親熱。他到過他們家。可是，「你的媽媽是明星，唱歌的明星。」誰都知道她啊！報紙上常印出她的名字。好漂亮，好神氣啊。「大中啊！媽媽有應酬。給你十塊錢，要買什麼就買什麼。好好地玩，想睡就叫王媽鋪床。」「我怕，我不要睡。」「乖，聽話。媽再買一個洋娃娃陪你。要多少錢呢？」「我不要洋娃娃，不要錢。」

「好孩子，乖吧！」……

歌星算什麼呢？爸爸不喜歡媽媽當歌星。他們吵起嘴來，他也很難受。爸爸為什麼要和媽媽吵呢？「媽媽錢賺得很多吧？孩子，不要看錢眼紅。髒錢啊，用了有什麼意思。」「鈔票傳來傳去，總會髒的呀！能刷刷乾淨嗎？」「孩子，你不懂這個，不要談這個，爸爸受不了。功課趕得上嗎？有沒有同學欺侮你？」「沒有。一點點。」「誰啊？」「你不認識他們。」「為什麼呢？」「他們說我是雜種。爸爸，你也很生氣吧？」「不生氣，不生氣。小孩子話不是眞的，別理他們好了。」

誰願意理他們呢？他獨自讀書、吹口琴，坐在河旁的石凳上。「微風吹，喜洋洋，坐在門前等情郎……」是媽媽唱的。大家都鼓掌。「可是，大家不理你。」養一條小狗吧。買回來，取一個名字，叫什麼呢？「安娜」，很不錯，洋氣很重，爸爸給取的。狗喜歡吃蛋糕、肉包子、巧克力……高級，高級。學生宿舍，不可以養狗。爸爸對訓導主任說：「這孩子很怪，沒有東西陪他不行。起初是洋娃娃、鸚鵡……破個例吧，『安娜』不會討厭……」

多難過啊？小狗在公路上奔跑，被汽車壓死了。誰來償命？兔子也是一樣好玩，怎有小狗聽話？

毛衣可以給兔子穿起來，到動物園表演。不行！那是偷來的。眞慚愧，會想到偷人家東西。媽媽不會相信，爸爸更不會相信。「爸爸到哪裡去了呢？他答應常來看我，可是看不到他的人影了。」爸爸不會賺錢，錢沒有媽媽多，不好意思來看他、看媽媽。

媽媽一點兒也不難過，離婚了，爸爸走了，沒有什麼稀奇。伯伯、叔叔很多，張先生、吳先生……客人太多了。還有人送化妝品、衣料、首飾……媽媽離開爸爸，比以前更有錢、更神氣了。他卻更孤獨、更難過，看見媽媽的機會更少。早晨上學時，媽媽的房門關得很緊，準是沒有起床。放學回家，媽媽早已出去。媽媽的名字，在報紙上印得更大了。

小白兔在草地上跳躍。牠們的後腿很長，要比前腿長一倍。走路不很方便吧？但跳起來卻很快。「爲什麼前後腿不一樣長短？兔子先生，你們感到公平嗎？憤怒嗎？這不能怪任何人。怪我把你們關起來嗎？不要怪我，我很喜歡你們。你們可以陪我，我很寂寞、孤獨。沒有朋友——但是，現在王光元來了。」

「李大中，你和兔子玩得這麼開心。」

「你玩得不開心？」

王光元和他同班，但不住在一個寢室。他不喜歡他，也不喜歡其他同學。同學們禮拜六下午回家，禮拜天晚上回到學校就亂吹一陣。「媽媽說，我這次月考全部及格，給我一套新衣服。」「那有什麼稀奇，爸爸媽媽要帶我去環島旅行。夠意思吧？」……他們都有爸爸媽媽，爲什麼他沒有——當然，他有。媽媽的名字，登在報紙上，字好大啊。

一天，他要媽媽帶他一起去她唱歌的歌場。「那不是小孩子好去的地方。」「爲什麼啊？」「低三下四的人不少。你怎麼能去呢？」但他要看媽媽在台上究竟是什麼樣子。

自己偷偷地買票，溜進場。人眞多，鬧烘烘的。他來遲了，前面的位子都滿滿的，只好坐後面。票根上的號碼不能變更，坐後排就不容易被媽媽發覺他偷偷來這兒。台上不是有人在唱嗎？大家爲什麼不聽呢？談天，吃瓜子，麻辣的煙霧嗆人。空氣太壞，影響身體健康。趁媽媽沒有發現以前，最好早點回家。數學題沒作好，英文生字還沒念熟，「安娜」嫌孤獨寂寞了吧……

警察會到熱鬧場合捉賊嗎？偷毛衣的賊。訓導主任也會查出來的。早點回家。不是爲了小狗，牠已死了。兩隻小白兔在身旁。「沒有看到毛衣，我在宿舍中溜兔子哩……。」當然不能回家。花錢買票是來看媽媽唱歌的。離開歌場，不知道會不會再進來。知道媽媽什麼時候出場就好了。「X+Y又算什麼？ABC向你微笑。」媽媽快點出場吧……

「一個人打籃球沒有意思。小兔子的耳朵眞好玩。」

「要多少人打球？」

「起碼六個。」

「六個人也沒有意思，搶來搶去就是那隻球。」

「一個人玩兩隻兔子，就有意思嗎？眞沒有意思。教室內丟東西了，很多人在吵！」

他抓起一隻兔子，兔子的心在跳。血液循環速度加快，生理衛生的老師說，「爲什麼要拿人家東西？你不想拿的，是嗎？坦白地說，會從輕發落……」誰的口氣呀？那麼莊嚴、那麼文謅謅的。媽媽出場了，他心跳得好厲害啊！鼓掌，全場是掌聲。「你也要捧場？不在乎你這雙小手啊！」

台前的角燈，黃色的光，緋紅色的光，集中在媽媽身上、臉上。衣服有銀珠，閃閃地發光。不是冬天嗎？卻穿短袖的旗袍。「媽媽不該穿這樣瘦的衣服。繃緊了，還唱得出聲？」吼聲。有人叫好。究竟爲了什麼？不知道。

身旁的人低聲討論哩！怪聲怪調的，眞看不順眼。

「這票貨色怎麼樣？」

「老了。」

「不識貨的傻瓜！很夠勁哩！」

「有行市嗎？」

「有。身價不高，剛離婚的……」

混蛋！他們談的是媽媽，他們爲什麼用這樣腔調談話？這些話有什麼意思？他不懂。該抓他們出來揍一頓嗎？先賞他們一個人一記耳光。「跪下來。知道嗎？她是我的媽媽。」「對了，哈哈哈……你是雜種，失敬，失敬！」一記耳光，兩記耳光……「我們沒有錯啊。談論歌星的私生活犯什麼罪？」

沒用的，空想。「你只是個孩子，十五歲的孩子，能打得過強壯的中年人？他們瞧都不瞧你一眼，繼續討論下去。」

「怎麼樣？扭得過癮嗎？」

「不錯，很風騷。」

「動心了吧？」

「一點點。幫忙吧。今晚上——」

「去你的，那麼簡單。要挨號排隊……」

該回家了。鼓掌聲，頭暈得很。這就是媽媽？「孩子，你乖，媽媽眞喜歡你。」「要媽媽抱抱。」「不行，抱不動了。」歌場爲什麼會有這樣多的人？媽媽的名字登在報紙上，很大，有關係嗎？「媽媽，我難過極了，人家談妳、看妳、向妳鼓掌……」當然應該回家。家是什麼呢？沒有媽媽。沙發、電唱機、白色冰箱……爸爸走了。「再見。」

「什麼時候回來啊？」「很快，孩子。」聽媽媽的話。爸爸講話不誠實，不再回來。媽媽離婚了，剛才那兩個傢伙還談起過。張伯伯、李叔叔、王先生、劉先生……「張伯伯做你爸爸好嗎？」「我不要。」不要行嗎？「張伯伯就是你新的爸爸……」「我要住到學校宿舍，好溫習功課。」「我們不勉強你。你不小了，會照顧自己嗎？」「禮拜六下午回家，和媽媽在一起過假日……」但是，他要陪小白兔。不送錢來，他們都忘記這個不重要的小傻瓜。「你會照顧自己的。」只好偷——

「誰丟了東西？」

「不知道。」

「是什麼東西？很值錢吧？」

「我不知道。我在打球啊。人家的事，管它幹麼？兩隻小白兔都是公的吧？」

「我不知道。」

「公的、母的，對你都不重要。重要的是你必須照顧牠們。」牠們是弱小動物，需要溫暖、同情……有一天，牠們會從木籠中逃出，過那自由安樂的生活。不要媽媽照顧。「你還是孩子，不要離開家，媽媽會想念你。」

媽媽說的都是假話，他不相信。她從來不關心他，也不關心爸爸，總和那些奇奇怪怪的男人混在一起，爸爸才離開家。他只好玩積木、洋娃娃、操練玩具衝鋒槍……寂寞嗎？孤獨嗎？「有阿桂、阿蘭、王媽、李媽陪伴你。」女傭一個個來了，又一個個走了。「媽媽永遠不把你放在心上。」爸爸走了，又有一個張伯伯……

他和媽媽、張伯伯一道去金伯伯家。他眞不願和他們一道去。但媽媽說：「女傭請假了，家中沒有人燒飯。金伯伯家的小朋友不少，男孩女孩都很聰明、很漂亮。和他們在一起，你一定很高興。」

金家的小孩子眞多，一大堆，他數不清。不一定都是他們家的，也許是鄰家的或是客人帶來的。男孩女孩都圍繞著他。

「你媽媽會唱歌嗎？」

「當然。」

「他媽媽是個音樂家哩！啊！眞了不起。你會唱嗎？」

「我不會。」

「你爸爸呢？」

「爸爸不會，張伯伯也不會。」當然，他們說的爸爸，是指的張伯伯。人們都是孩子，這道理講不清的。

「你叫什麼名字？」

「李大中。」

「騙人。李大鐘？你的爸爸是張伯伯——？」

「你們不會懂的——」

「懂啊！你們懂啊！你姓李他姓張，拖油瓶！我媽媽說的……」

笑聲、鼓掌聲傳播著。一個小女孩，縮起一隻腿，用左腳單獨地跳著、旋轉著，口裡學著他們說的「拖油瓶」……。血液流動，額角的青筋跳動，用兩手抱著頭，有什麼用？「大家嘲笑你，用看不起的眼光盯著你。你受得了嗎？」爲什麼要跟他們一道來，受這些流氓的侮辱？「你沒有錯，他們不該笑你。錯的是……」

他要走上前去，靠近那個胡說八道的小孩，央求他不要這樣說。那樣的話，太傷他的自尊心——「怎麼，他要對付你了。瞪起眼，握緊雙拳，做一個預備衝鋒的姿勢對著你。你不怕他，大家聯合起來你都不怕，對嗎？你不會逃避他們，還要迎上前去。」

是的，他走近了那個穿花襯衫的小傢伙。他要拍拍他的肩膀，表示友好，然後再說他要說的話。但大家都嚷起來：「打人了！拖油瓶打人了……」

他用力抽打那個小孩的耳光。一下，再一下……「大家沒有圍著打你。紛紛哭喊著逃跑。」大人們全衝進後院，罵你、譏諷你。「媽媽怪你、埋怨你。你眞錯了嗎？」衝出門，跑回家。家中有什麼呢？「家能給你溫暖和安全嗎？」他不要家。要回學校，「在學校裡你不會有那種感覺……」

「我要看看這隻兔子是公的還是母的，可以嗎？」

「可以。輕點抓不要嚇著牠。」

「不會的。啊！是母的。你不識公母嗎？」

「我不在乎。」

「送我一隻玩玩好嗎？你不在乎吧？」

「他爲什麼要欺侮你，搶你心愛的東西？你不喜歡他和你玩在一起，但他還是拉拉扯扯靠攏來。應該趕走他，不和他囉嗦這麼久就好了。平常和他沒有交往，爲什麼他要藉機會來和你接近？」噢──想起來了。「他是來察看我的動作、神情是不是和平時一樣？」哼，「他們把你當作嫌疑人物。認爲毛衣是你偷的。」可是，王光元到這兒來看到什麼呢？「李大中蹲在草地上，平心靜氣地逗著兔子，不像個賊。」偷東西的人，臉會紅、心會跳、手會發抖嗎？不知道。「我可沒有偷毛衣！因爲教室中沒有人，怕那毛衣會被偷走，爲了安全，才把它帶回宿舍的。」「但你爲什麼要藏起來──塞在書包內？是你偷的，你賴不掉。法律、校規，都在等你，枷鎖會套在你的頭上。」

「不可以。不可以偷。兔子偷不走。」

「不偷。正人君子不作興偷東西的。送我吧！」

「不送。毛衣不送給你。你以爲我偷毛衣？你想陷害人。我報告老師。」

「我沒有說你偷毛衣。」

「你跟我來。毛衣在書包內。張成泉的毛衣不見了吧？是我帶了來，我沒有偷。你可以拿去，告訴他。不要損壞我的名譽。我會打扁你和他的鼻子。」

「不，不，我沒有說你偷。我這就拿給張成泉，再見。」

王光元走遠了，他一手抓著一隻兔子傷心地哭了起來。

山高水深

今天，是第二次和她在一起了，他要表現得熱烈些、誠摯些，他一再告訴自己。

他先跨下長途公共汽車，在車門外等她。插在他身後下車的不是她，卻是一個攙著小孩的傴背老頭。他本想在她下車時，用手扶著她，表示自己的禮貌和熱忱，但此刻不需要了，他還沒來得及伸手，她已猛地跳下車。她眞年輕，看她說話、走路的樣子，孩子氣都很重。他覺得自己腦筋很遲鈍，任何動作，都趕不上她敏捷和迅速。

她站定後，對愣視著的他微笑一下，轉身面向著發白的沙土路。

他仍僵立著沒有動。在她轉身時，感到她鼓鼓的裙子畫了一個大圓圈，白襯裙也露出邊來。他的頭有點暈眩了。這時，他不知道自己該怎麼辦？他沒有來過這名勝地方，提議到這兒來郊遊的是金太太，當時他沒有反對，今天就和她一道來了。

他是沒有理由反對的。金太太知道他不會講——不會在女孩子面前講話，才發動他和她到這野外來：爬高山、聽泉水……在廣闊無垠的世界裡，只有她和他在一起，還怕沒有談話的材料？金太太卻沒想到他沒有來過這兒，只是告訴他，多找點話談談。談什麼呢？難道要問她上山的路怎麼走嗎？

「我們走吧！」她說，撐開米黃色遮陽傘，向另一條窄狹的斜路走去。走路的方向，已經解決。她來過這兒，像是對路途很熟悉。他只好跟著她走了。

傘斜撐在她左前方，遮住熱烘烘的陽光。這時他才發現她的全身打扮都是黃色的。緊身短袖的淺黃襯衣，長裙的顏色是橘黃的，有三道指頭寬的黑橫條紋圍繞著；腳上是尖頭的黃皮鞋。罩在透明的黃傘下，他覺得她全身有股像水蒸氣似的東西，熱濛濛地裹著她，他暈眩得更厲害了。

她放開腳步向前走，走得很快，他幾乎趕不上她。他覺得自己不能再默默跟著她，應和她談話，談得像一個很熟稔的朋友。但他究竟該和她談什麼呢？他要讚美她這把傘，讚美她這身衣服……走了兩步，他又改變了主意，決定讚美她的本人。她實在長得很美，從身後看到她的手臂、小腿都是圓鼓鼓的，像有一種強勁的生命力在向外掙扎……燠熱的陽光侵襲著他，他意識到混身都被汗水溼透了。他想靠著她，鑽進那霧茫茫的傘下，合著她的腳步向前走，熱將會慢慢消散。

他已落在她身後兩步遠，跨大腳步才跟上她，和她肩並肩地走著。突然，他感到腦中的氣逆升在喉頭，喉管像有一團棉絮緊塞著，他不能講出預先想講的話了。猛抬頭，見到遠遠矗立的山峰，灰白的霧，隱約地圍繞著山上蔥綠的林木。他不知道他們是不是要爬上那高聳的山巔？登在山頂，遠眺鄉村野景，那實在是件快樂的事。

「妳看，那座山有多少高？」他說出口以後，便猛吃一驚，像不是從他自己口中說出似的。這句話太沒有意思了，卻這樣輕易地從他口中跳出每個字來。這樣也好，能開口講話，就會接著談下去了。

她慢下腳步，側轉頭來看他。她晶晶的黑眼珠裡，也有一陣霧似的光，顯出迷惑的不解的神情，像不懂他爲什麼要這樣問。

「不知道。」她搖搖頭說，繼續向前走。

當然，她不會知道那山有多少高；他是學工的，也不知道那山的高度。這問題實在是太難解答了。他雖沒有看到她回答時的面部表情，但在她的聲調中聽出她對他的問話，有不滿的味兒。他感到一陣傷心，兩腿有點軟弱。不知道她回去後，又要對金太太說什麼了。他已有過這樣的經驗——有兩個女孩子在金太太面前說過他的不是，這將是第三次了。

他認識第一個女孩子，是很久以前的事，他對她的印象已很模糊；只記得她的顴骨很高，有一對大大的眼睛。他和她在一起，談得還不錯。他送她回家時，空空的三輪車緊盯著他，連串地問他要不要坐車。他眞想和她多談談，要陪伴她一路走回去。所以很討厭那三輪車夫，便將他的車錢三元，還成兩塊五。但那車夫抖動著「把手」的喊嚷態度，氣壞了他。「先生，只差五毛錢哪！五毛錢也值得計較？」他索性不坐車，也不走路，陪她乘公共汽車回家。可是，金太太第二天就笑話他了：爲了五毛錢，你把小姐氣跑了。眞的，他以後就再沒見到她。見不到她也好，她不能體諒他當時的心境，認爲他是吝嗇，她太不懂事了，還要記住她？

現在，絕不是吝嗇的問題了。他要打開這冷冰冰的僵硬局面，他要她感到他是一個和善的、易於親近的人。他們現在已開始爬山了，山坡上有一對青年人，手拉手說著、笑著，像飛又像滑似地衝下山來。他們正抓住生命中最生動最歡樂的刹那，他爲什麼不能像他們一樣？如果他再這樣死板板地跟著她走，她又會像第二個女孩子一樣的，說他是不解風情了。

想到他和第二個女孩的事，他覺得有點惋惜。那是初春的天氣，雨停止了，風還悠悠地吹著，他和她慢慢在河堤上散步。他覺得身上有點寒意，她慫恿他把黑色橡膠的雨衣披在身上。遮住侵襲的涼風，身上暖和得多；但他立刻想起，她穿的衣服也很單薄。他摸摸她的手和臂，確是很涼，他要把雨衣讓給她披，她說她不冷，堅持不要。他們仍繼續在河堤上輕輕踱著。月光將他們的影子瀉在粼粼的水波上。他讚歎月色的幽美。但她立刻說，月亮好看有什麼用，沒有星星喲！他「唔——」了一聲，就不知道怎樣回答了。他從不看小說，不知道那是一種什麼暗示。他相信那些低級趣味的小說裡，定有關於星星、月亮的描寫。但這時去看也來不及了，他已失去她了。第二天，她就告訴金太太，說他披起雨衣不管她。又說他對男女之間的事一點都不懂。天哪，他怎麼辦呢？難道他可以用雨衣把她裹在懷內？他可以在她談到花、石橋、月亮……的時候吻她？

他從沒有想到那樣去做，所以她們都離開他了。這是他生命中第三個女孩子，他要緊緊地把握這機會，不會再讓她從手中失去。微風從山隙中吹來，她的長髮和裙裾都在擺動，畫出一種幽靜的美。他凝視著她身後的輪廓，覺得自己實在很喜歡她。他應該走上前去，把這感覺告訴她。他應該和她談他的生活、他的理想，和他未來的計畫，不能再這樣默默地跟著她了。

他們逶迤在山腰的小路上，沿著山澗的峭壁往前走。大雷雨後的山洪，在山澗中汩汩滾動，迸出一輪輪銀白的浪花，像燒滾了的豆漿。

「妳說，」他手指著山澗，「那水有多深？」

這時他正詛咒著自己，爲什麼又要這樣地問她？他憤怒得想用拳頭擊破自己的腦殼。他的言語，爲什麼不接受思想的控制？爲什麼說的話不能和他想的一樣快？

她停下，站住看著他，迷惑的神情更深了，說：「我也不知道！」

她又開始向前走了，但走得很慢，只是機械地拖著腳步，沒有最初上山時那樣的精神了。他知道她一定以為他是一個冷漠的人，會問她一連串的古怪的、難以回答的問題。她怎知道他內心蘊藏著一團熾熱的火焰，在體腔內熊熊燃燒，只要她給他機會，他會盡情地傾瀉出來，可以熔化那北極的冰山和雪窟。但這機會什麼時候來到呢？

轉過一個山角，她站住，收起了傘，慢慢轉過身來，對他說：「我的頭有點痛，不能陪你玩了，我要回去。」

他散漫的念頭，突然終結了，各種感覺霎時都凝聚在一起。他完全明白了，他又失去她了。她又會在金太太面前，說他是一個古怪的人，或者是比古怪還要刻薄難聽的什麼樣的人。怎麼辦呢？他天生就是那種人，他無法改變自己啊！

突然，他覺得有什麼力量在血液中蠢動，突然間便掀起全身的憤怒。他怪她，恨她為什麼不給他再長的時間，再多的機會，在半途中就拋開了他。他的眼睛從她稚氣的臉上，滑向那泉水滾動的澗谷，他的瞳孔中有人影搖晃。假使你捉住她，推她，你得不到她可以毀滅她——他連忙從這念頭退縮回來，這不是真實的，我念過書是正人君子，我可以從計算尺的一分一釐設計龐大的工程問題不是在君子念書工程而是在我們跳進麻煩時先要想一想這會惹起麻煩的這不是真實的你沒有那樣做甚至沒有那樣想法也是不對的可恥的卑鄙的為什麼會這樣想你也不知道……他忽然覺得自己像一個秤錘被吊懸在半空，隱約地聽到有淅瀝的雨聲。壓路機的「軋軋」聲、公雞的吼聲，都在腦海中響著。一層更濃的霧靄圍繞著他和她旋轉，他暈眩又暈眩……但他還是站住了。

「好吧！」他說，用手臂抹去額角的汗水。「我陪妳慢慢走下山吧。」說完時，他對自己的鎮靜和語法的完整，同樣感到驚奇。像是預先知道她會這樣說，早已把回答的話想好一樣。

他和她慢慢下山時，也像正聽到一闋巴哈的大鋼琴協奏曲，眼睛展開一幅光明的音樂畫景，描繪出人類進入天堂時應有的苦難和信心。他覺得自己已獲得信心了。

解凍的時候

這是一個公共汽車招呼站。

徐太太剛站定在行列後，把挾在右臂的白底黑星點的手提包抓在左手裡。一個男人從她身後擦著她的左臂走上前去。

她眞怪那個傢伙沒有禮貌，如不是她的上身扭轉一點，一定撞在她的身上了。

一直盯著他。她以爲他會走到那左面票亭前去買車票。等他買完票回轉時，她要輕蔑地瞪他一眼。但他沒有停下，仍懶散地向前走著，像無人鞭打時拉磨的驢子。

忽然，他的右臂彎起，手腕向內旋轉，接著擬出一個美妙的姿勢。她的心猛然震動，這姿勢太熟悉了，那不是小趙嗎？

一點都不錯，卡嘰布的學生制服，右袖口有銅錢大的一塊藍墨水漬。頭髮亂亂地歪在一邊：黃皮鞋的顏色已變做灰白。這些就代表著小趙，小趙就是這樣滿不在乎哩！

她自己也覺得有點好笑，實際上她並不知道小趙姓什麼。三個月前，她發現他搬住在她家後面一條巷內的前樓，打開樓上的後窗，就可以看到他坐在窗前的桌旁。她猜他的年紀不會超過二十二歲，他每天還挾著書本上學哩。她爲了要稱呼他，就把百家姓上的第一個姓加在他的頭上，暗自叫他小趙。

她慢慢知道，他什麼時候起床、睡覺，什麼時候外出，什麼時候回家了。一天，她伏在窗口，整理閣窗檯上的兩盆黃菊花，抬頭便見小趙凝視著她，她不知道他是看花還是看人，但內心非常慌亂，連忙縮進身體，關起玻璃窗，拉起白底紅花的綢窗簾。

這樣做完後，她才發覺自己的舉動錯了。以後，她就變得很大方了。她把縫紉機移在窗前，不時從針線上抬起頭，碰著他的目光，也不故意閃避了。

當然，她家中是沒有那許多衣服要縫紉的。她在窗前澆花、剪花、化妝……這樣，每天要有半天的時間在窗前度過。她看到他的窗口上、房間內，遍掛著汗衫、短褲、手帕、襪子、襯衫……她看到他在房間內兜圈子、吹口哨，狂吼亂叫。她看到他在巷內走來走去，常常右小臂彎起，手腕旋向內側，然後再向外撥出一個美妙的姿勢。

她在巷口碰到了他，他嘴角掛著笑，帶著異樣的眼神看著她向她走來。那像是她剛結婚，她丈夫把她抱攏來向她說好話時的眼神一樣。她想，他要和她講話了。當他走近她時，她垂下眼皮低頭匆匆走過，她只看到他緊裹在小腿上的褲管和泛白的黃皮鞋。

離開他三步，她就後悔了。她爲什麼要裝得那樣冷淡？他們是鄰居，爲什麼不能點頭、打招呼，或是談話呢？她想，她以後還會碰到他的。但以後她又碰到他幾次，他沒有向她微笑，也沒有用那樣的眼神看她了。今天，他爲什麼會跑到這兒來？又怎會走在她的身後？他一定已跟著她走了很長的一段路了。

她最初想不到小趙會走到這兒來，所以看了他的背影竟認不出他。小趙走在她的身後，會不會認識她呢？如果他能回過頭來看她一眼，就可以確定他是不是看到她了。但他還是把雙手插在褲旁口袋內懶散地走著，像根本不知道她在他背後注意他。

小趙已走到這條路的盡頭，轉彎後，不論向南向北，她都無法看到他；她已完全絕望了。當然，她也不知道自己希望得到什麼，難道就是他的回頭一顧嗎？

他開始向左轉彎，低頭數著步伐。再向前走兩步，他就脫離她的視線了。

什麼？他已掉轉身來。轉身時，他的目光不是直射向她嗎？他一定是看到她了。他沒有走原來街道，卻順著街道對面走廊向右走。現在，她不能再盯著他，便向右橫跨半步，和她前面的人站在一條線上。

這行列中，她是第五個。她身前站一個五十多歲的男人。頭上灰白的短髮根根豎立，腦後一個三角形的紅疤，疤上光光的沒有一根頭髮。

了。

他的身材和年紀都和她的丈夫相仿，可是她丈夫的精神和體格，就比這男人差多了。

她丈夫今年五十六歲。在二年前得了半身不遂的癱瘓病，一直躺在床上。近來，已能扶著枴杖走一段路了。她每天下午拉著他的膀臂，在家的附近散一會兒步。她傍著傴僂的丈夫，才覺得自己年輕。她三十五歲，已是四個小孩的母親，她時常以為自己年老了，現在才知道眞正年老的是她丈夫，他已老得禁不住接受春的氣息了。她想，他的病痊癒後，也許會和他面前的老頭一樣健壯，但他什麼時候才能復元呢？

她沒有再想下去，她的思想又跳到小趙身上去。她估計時間，認為小趙已走到她的對面，或是已走到她的背後去了。她裝作向四處閒眺的樣子轉過頭去。

「啊——」她內心驚呼著，眞不相信自己的眼睛。小趙停在對面走廊，微笑地看著她。他碰著她的目光時，慢慢拔出褲袋中的右手，舉在面頰旁，手心向上，四指連續地彎曲著。

「他在向我招手？」她問自己。「這不是作夢吧？」

她的心猛撞著，一陣輕微的顫慄透過全身。這事來得太突然了，她眞以為自己是在夢中，恍惚間，像是站在長滿綠樹青草的高嶺上，幸福之神在對山的巔峰向她招手。她在山上深深地呼吸著，跳著、舞著，直飛向對面的山頭，可是那高山卻像灰沙似地塌瀉在她的腳畔。她伸手抓住黑色的煙囪，抓住被燒燬的梁柱，然後跌落在地上。

她浸了一身冷汗，兩手手心也溼透了。她打開手提包，捏出藍花紅點的手帕，捺印自己額角上的汗絲。

轉過頭，她環顧前後左右，看小趙是不是和她身旁附近的人打招呼。可是人們都閒適地站著，誰也沒有向走廊那邊看去，更沒有人表現出偶然碰到朋友的那種欣慰的表情。那麼，小趙定是向她招手的了。

小趙彷彿已看出她四處張望，是表示對他的舉動懷疑。於是，她又看到他向她招了招手。

這是千眞萬確的事，一點都不會錯的了。但她怎麼辦呢？

太陽從她身後的上空斜射下來。她低頭看著地面自己的苗條身影。現在她特別強有力地感到，她自己是非常美麗，非常年輕；她需要愛，需要力，需要狂熱……這時她微微地察覺到有一股生命之流，在她的內心深處波動。大地在向上空逆升，潛藏在她內身的力，抬起了她又把她摔倒在地上。她眼前是一片模糊，她不知道現時是白晝、是黑夜？更不知道春、夏、秋、冬。

她很久前就隱隱地想到過，她會和小趙並坐在一起，他蠻橫地擁著她……每次想到這裡，她就不敢想下去，也不讓自己想下去。現在他就在眼前，她就這樣橫過馬路走到他身旁去？

公共汽車搖搖擺擺滾著車輪來了，挨在她身旁停下。車門打開後，三個人輕捷地躍下，站在她前面的人，接連地跨上車。

車身將她遮住，她看不到小趙，小趙也看不到她了。但她怎麼辦呢？跟著別人上車？還是停在這裡，等車走掉，再走向他身邊？

現在她眞有點恨他了，他爲什麼不走近來，卻要她走到他那兒去？那樣，她的處境，或許不會如此困難了。

「爲什麼站在這裡？不上車！」

這是她身後一個男人的責問語氣，她聽得有點刺耳，轉頭想看一看他爲什麼要說這樣不客氣的話；可是後面的兩個人，已在她和車身中擠向前去跨上車。她急忙地跟著，趕到車門，車駛走了。

她眞的留在這兒了，覺得有點後悔。現在想起她是要趕去看生病的叔父，看完病人，還要順道經過幼稚園，把她四歲的小女兒接回。如耽誤太久，時間就來不及了。她希望在下一趟車來的時間，小趙已離開此地。那麼，她就可以按照原來的步驟去做了。

於是，她側轉頭向對面看去。小趙正微笑地向她點頭。在這微笑中，她好像看出他嘉許地說：「我以爲妳會乘車走掉，現在妳卻留下來了。妳很勇敢！」

她感到又氣、又急，她怎樣將這輕視還給他呢？

她直向對面走廊走去。她必須親自問他，他爲什麼要留著她了。

她已穿過馬路，快要踏上走廊。她雖沒有看著小趙，但在眼角中可以覺察到他在凝視著她。這時，他倏地旋轉身，向走廊的另一頭走去。

她愣了一下，腳步遲疑了。他爲什麼要離開這兒？難道這是暗示她跟著他走？他應該和她說明才對啊。

「太太！買吧，最好的橘子。」

她吃了一驚，甦醒過來。她正站在走廊外的橘攤旁，眼睛注視那些橘子。當然，她什麼都沒有看到，但小販卻以爲是好的主顧來了。

他把黃得發黑的草帽，向腦後一推。抓起一隻大的橘子，抛在空中，然後再用手接住。說：「五塊一斤，保險不酸。」

是的，她想起來了，應該帶點橘子給生病的叔父。揀了一隻竹籃，叫他裝滿。她現在有時間考慮自己應該怎樣做了。小趙仍一直地向前走，沒有回頭，如果他回頭就可以看到她不是走向他身邊，而是來買橘子的。這樣，她的自尊心也可以維持了。

橘子裝好，秤好，她打開手提包拿錢時，從貼在皮包蓋裡的長方形小鏡中，偷看一看自己的面孔，這下可把她嚇壞了，她的面色爲什麼這樣蒼白？今天爲了要去看病人所以她沒有塗胭脂，也沒有擦口紅。她是在她叔父手中教養大的，叔父曾告訴過她不少道德的教條，也不許她濃妝豔抹。她現在已成人，並且快要老了，本不需要遵守他的教訓，但為了去看他的病，不願意使他不舒服，所以就這樣樸素地走出門。誰知這樣巧會碰到小趙，而小趙在最後的剎那間，看到她憔悴的面容就貿然地離開了她。

原來她略嫌瘦削的面頰，抹上一點胭脂，就顯得豐潤些；至於眉角的皺紋，她可以將眉梢畫得彎些、長些，就可以掩飾一部分。但現在她看不出自己臉上有可愛之處了。就連她表哥曾經讚美過她的眼珠，像龍眼肉似地又大又亮，現在看起來也暗澹無光了。

如能有一個僻靜地方，給她五分鐘的時間，她想，就是三分鐘也好，讓她把自己修飾一下。但現在是不可能了，她不能在大街上化妝；而且，小趙已背轉身走了。

她從小販手中接過竹籃，向小趙走的那個方向看去，他已轉過彎，無法看到他了。

她覺得自己應該回頭走向車站，這樣一切的困惑，就全部解決了。

但她的腳仍順著走廊往前走，如轉彎後，仍看不到他在前面，她就掉頭走回車站。她這樣想。

跨上走廊，她覺得行人特別擠，不時有人會碰著她的膀臂。她現在說不出自己是希望轉彎以後見到小趙，還是不要看到他的影子。她有時覺得這走廊無限地長，像永遠走不完似的，她要加快速度趕過去。有時她又覺得這走廊太短了，轉彎以後，見到小趙，就眞的跟著他走嗎？

終於到了轉角的地方。

剛掉過身，一個壓低喉嚨的粗嗓音，在牆角襲過來：

「妳慢慢跟我來吧！」

她看清那是小趙。這是她第一次聽到他講話，他講得這樣突然，她還沒有來得及回答，他又轉身走了。

眼看著他走遠，她還愣愣地呆立著。在短短的一句話內，她聽出他的聲音堅決而有力，還帶著命令式的語氣，她爲什麼不拒絕他呢？她眞恨自己的軟弱。

但他不讓她有說話的機會，她目光仍盯住他的背影。他有闊壯的肩，兩腿強健而有力，像充滿了自信。

他愈走離她愈遠，如果她再不跟上去，就要看不到他。當然，她已走到這裡，他又和她說過話，無法再回頭了，她一直把他看作不懂得什麼的小孩，想不到他會這樣做，現在倒要看看他究竟怎樣對待她了。

她把竹籃換在另一隻手裡，開始向前走。

小趙走在前面的橫道上，又向左轉彎。他側轉頭看她一眼，他們的目光凝聚在一起。在這眼神中，彷彿他在告訴她：「妳跟我走這條路！」

「好吧！」她對自己說，「不管什麼路，我都要跟著走下去了。」

忽然，她感到恐懼起來。她這樣跟著他走，會不會被別人看見，或是別人已在注意她的行動？

她站定了，急忙掉頭張望，見滿街的人都來去匆促地走著，沒有一個她所熟識的人，好像也沒有一個人注意著她。她這時正站在一個綢緞店的門前，店內站在布疋旁的女店員，正含笑地對著她，彷彿在說：「不要猶豫，請進來吧！」

她又踅轉身向前走，因她看到小趙橫過街道，走向另一條小街。

小趙走路的速度慢下來，拔出褲旁口袋的右手，搔著腦後的短髮，像是遇到一個困難的問題，無法決定該怎麼辦似的。

他的手放下，接著又撥出她所熟悉的一個美妙姿勢，便跨上走廊。

他已停在那門前，回轉身凝視她，她又看到那眼神——要把她抱起來摔在床上的眼神。

沒有等她走近他，他就翻身走向那門內。

「天哪！」她內心驚呼道：「那不是旅館嗎？」

一點兒都不錯，兩扇門上的白色玻璃，顯出的紅色大字，已吸住她的目光，她的心跳得非常劇烈。

這一切太像夢幻了。旅館內的一個房間，只有她和小趙二人。門、窗緊閉，他們互相凝視。然後小趙慢慢走近她，開始擁她、吻她，於是世界越來越擠，越來越靜；但她的耳中、腦中卻嗡嗡地響起來，她已暈了過去……

這種感覺太熟悉了，那還是十幾年前的事，她才二十歲，經常和她表哥玩在一起，一天夜晚，在她家院子裡，表哥把她擠在牆角上，開始吻她。她的膀臂也箍緊了他，兩隻小腿彎起來，腳心抵在牆上。於是，擠呀，擠呀……她感到混身發酥，便暈倒在表哥懷內。她發覺自己眞正愛上了表哥，誰知道他卻很快地離開了她。她永遠失去了表哥，才和現在的丈夫結婚。此後就再沒有這種感覺發生了。

她也走到旅館的門前了，看到小趙一隻手滑著樓梯的扶手、一隻手在盪呀盪地爬樓梯。她覺得他把全身的力量都用在兩腿上，樓梯也被踏得特別響，他像一切都有十分把握似地。

她停留門前，目光跟著他的背影一級級上升。漸漸看不到他的頭，看不到他的上身，只見他那窄小的褲管，和泛白的黃皮鞋了。

「我眞的跟他進去嗎？」她問自己道。

當然不能。她想，那樣是太看輕自己了。他如要她進去，也該等在門前，好好地向她說一聲。怎麼就這樣獨自進去了呢？

轉過身來，她就向回來的路上走去。當她轉身時，忽然看到他蹲在樓梯盡頭，用詫異的目光，直望進她的眼內。他彷彿軟聲地說：「爲什麼不進來？難道還要我抱妳上樓？」

她掉頭跨進門，踏上樓梯。

她看著一個女侍領他走進房間。她也慢慢地跟了過去。

侍者出來了，但她並沒有進去，只是在房門外看著他。他仍將兩手插在褲旁口袋內，很快地掃了她一眼。

「進來呀！」他說。

這時，他該有讓她說話的機會了，她想，他把她帶到這裡還能一句話不說嗎？

她聳動提竹籃的肩，覺得橘子太重。「爲什麼要我進去？」她問。

他頓著左腳，樓板似乎抖動了一下。「有話進來講啊！妳不怕別人在這兒看到妳？」

她環顧左右。她太怕別人看到自己了。只要有一個認識她的人見她站在旅館的房門口，她的一切都完了。現在她對於他剛才在前面匆匆地走，不和她說明原委的事，剎那間就原諒他了。他正是怕人們看到她哩。

她低頭看著自己的鞋尖，踏進房門。她腳上穿的是一雙新鞋，鞋頭尖尖的。她喜歡穿這樣的鞋，可以顯出自己纖細的腳，正配合她苗條的身材。

慢慢移步到窗前。她沒有看他，但她聽到身後門板闔上時，自動的彈簧鎖發出的「吭嚓」聲。她突然感到燠熱起來。

這房間內的一切對她都很陌生。她略一凝神，彷彿可以看到自己房內的傘套、彎柄菸斗、銀色玩具槍、揉成一團的手帕……而這裡的床、竹椅、窗簾等都帶著霉味——該說是豆豉兒味。

她身前的窗門半開著，風掀起粗布的窗簾拂著她的面頰。她不願意面對著他，她把自己憔悴的臉藏在陰暗的窗簾旁，還是讓他看著她的背影吧。她想。

「我跟我自己打賭，」她聽到他說：「我說妳不會來，可是，妳卻來了。」

什麼？他說出這樣的話，究竟是什麼意思？此刻，她覺得他完全不是她所想像的小趙。她忽然有一種被騙的感覺——被騙了巨額的金鈔，一個永遠無法補償的損失。

「來了又怎麼樣？」她猛抽轉身，用力地吐出每個字。

她看出他曖昧地看了她一眼，發出一個微笑，像是嫌她淺薄，連這樣的話也聽不懂似地。

「來了很好。」他的右臂彎起，手腕兒向內旋轉，又撥出一個她最熟悉的手勢，說：「這裡是床，那裡是門……」

他的話沒有說完，一定是看到她的臉色變了沒有說下去。但她知道他將要說：「隨妳自己選擇吧！」

她立刻有一種被侮辱的感覺。而他手勢所給她的傷害，要比他言語所表現的明顯些、強烈些。

她眞恨自己爲什麼要跟他走到這兒來了。但她心裡一開頭就明白：她像一座火山，在這二年當中，被埋在冰天雪地之中，經過一個強大的地震——震碎了冰雪的外殼，把潛藏在內部猛烈的火焰，噴露在春的原野。人類的天性，將會衝破一切的障礙和束縛，撕毀她叔父所有的教條……可是現在呢，她卻像被關閉在一隻船艙內，海洋上的巨大風浪，衝撞開緊閉的窗門，她發現獨自飄蕩在海洋的中心，孤立、無助，她迷亂了。

她抬頭看著他，一小撮彎曲黑亮的頭髮，垂在他的額角。她盡量抑制自己洶湧如潮的思念，不讓隱隱約約的罪惡的光亮，從思念的罅隙中爆發出來。

「你要我來，就是爲了侮辱我？」她說，覺得已能控制自己激動的情緒了。

「當然不是，」他張著手臂慢慢向她走來。說：「妳知道，妳比我……」

她退後一步，將橘子籃兒放在長方形矮茶几上。她想，事情眞如預料的一樣發生了。他將擁抱她，吻她，她將暈倒在他的懷內。現在他卻站住了，他的話也停頓了。他爲什麼不說下去？那句話該是：妳比我年紀大，妳有丈夫，妳有孩子，妳不在乎這些……

「妳眞的不在乎這些嗎?」她問自己道。

房間裡很靜,靜得可以使她聽到廚房的爐灶中火焰噼噼拍拍的跳動聲。她忽然想起來了,那不是火焰的跳動聲,而是微風撥弄著窗簾摩擦著玻璃。這不是她的家,而是在旅館內,她和一個陌生的年輕人單獨地對立著。突然有一種恐懼,和一種她不敢想的希望向兩處撕著她的心——

「妳比我要懂得多,」小趙接下去說,「妳不會吃虧的!」

他已挨在她的身旁,她可以聽到他短促的鼻息聲,又看到他那異樣的眼神了。可是,他說的是多麼輕薄的話啊!

「拍!」一記耳光,重重地落在他的左頰上。

「到那邊去,」她說,手指著門。「把它打開。」

他猶豫地驚異地看著她的臉,終於慢慢走到門旁,旋動門鈕。

門打開了,她向門外走去。走了數步,便聽到小趙的聲音:「妳忘記籃子了。」

她出門時太緊張了。但此刻不想再回去拿那隻竹籃。她知道自己,如再轉回去,可能就不會像這樣輕鬆地出門了。

她踏完最後兩級木板樓梯,聽到他把頭伸出樓梯口說道:「她瘋了!」

老與小

姥姥抛掉長竹掃把，氣嘟嘟地走向客廳。她皺皮的手扶住灰色門框，彎腰跨過門檻。踏進門，還扭轉頭狠狠瞪阿柳一眼。

阿柳撩起布花裙，蹲在炭爐旁，嘴尖起吹火。濃黑的煙，繞著她轉，散布全院子。煙燻吧！燻妳的眼睛，妳的鼻子，妳的喉嚨……與我何干？見妳活受罪，才告訴妳，爐底墊廢紙，再放枯樹枝，燃著了炭……這話一點兒不錯，妳要搶白我，我才不管妳的事哩！現在，我不掃院子，不沖陽溝，讓妳自己做吧！

她小步挪動，心裡感到彆扭，阿柳爲什麼這樣說：「太太都不管我，要妳來多事……？」太太不管妳嘛，因爲她太忙；她的事，還由我來管，我不多事，誰多事——阿柳的話不是這意思，她明明說，家中主人是太太，妳只是一個姥姥，是太太的乳母；妳和我一樣，吃主人飯，受主人管，也配來管我！這賤丫頭，她敢這樣講？敢這樣想？誰教她的？我是爲她好，抓起枯樹枝來，做給她看。太陽落山了，彎腰低頭，撿起一根根樹枝，堆在院角點火，是爲了誰？我才不願管她哩！多無聊！阿柳眞辜負人的好意，這叫好心沒好報。阿柳是傻瓜，我不和她一般見識。她傻得連睡覺都不知頭高頭低。傻人不會想。難道她是聽夏芩說的？夏芩如果眞這樣想，多可怕？夏芩不是那種人，她是吃我的奶長大的呀！誰知她的心？

姥姥扯直灰短褂下襬，身體左右牽動。心煩哪，耳中蟬鳴。刷牙的「齒齒」聲。冬天的月亮，白得像雪。雪中人影晃動，她抱著夏芩，躲強盜，在樹林過夜。兩腳凍麻木了，涼到膝蓋，牙齒「格格」響。揭開厚毛氈，聽到夏芩輕微鼻息，睡得好甜。自己耳朵和脖子像被刀刮著，好冷噢！天亮了，老爺一句話，彷彿太陽出來了。「小芩沒有奶媽不是就完了，小芩長大了，要好好報答……」吃一夜苦算什麼？幾年幾月還是慢慢過去，誰要她報答。報答什麼呢？有吃、有喝，還不知足？阿柳算什麼，她是個傻丫頭。夏芩常說，誰要妳做事呀，妳年紀大了，歇歇吧！歇了有什麼用？她六十八歲，夏芩在她手內，一寸一寸地摸大。她在學校是「校花」；做了母親，已有三個孩子。如果她不是六十八，而是五十八，家中的事，她全會做，就用不著僱傭人，受她們的氣。她喜歡多做事，是生成的勞碌命，不是想巴結他們，免得他們嫌她是多餘的人——是啊，家中大大小小，誰都沒輕視過她，阿柳算什麼呢？阿柳是個傻瓜……

皮底拖鞋「哧嗤、哧嗤……」響。姥姥轉過身，見夏苓抱著小信，從房內出來。夏苓笑嘻嘻對小信說：「叫姥姥，姥姥……」

姥姥走近她，摸著小信的腮幫子，逗著他說：「姥姥，姥姥。」

但小信不會說話，他才十個月大，只能用兩隻手臂撲打著。姥姥抓住他嫩滑的手，心裡也感到滋潤起來。一代一代地長大了。夏苓和小信一般大時，沒有小信乖，也沒小信結實，她花了不少心血哩！夏苓是獨生女，偏偏常生病，日夜都要照顧。怕風吹壞她、太陽晒壞她，老爺總是說：「小苓又病了，奶媽妳不當心？」或是說：「問問奶媽呀，小苓能不能吃？」「天熱起來了，好替小苓脫衣服嗎？」夏苓是這家庭的生活中心，而她卻操縱了夏家的生活，她是多麼重要啊！吃點苦，算什麼？夏苓長大了，結婚了，孩子慢慢多起來。我老了，一天天受輕視了。有一天，夏苓會說：「妳老了，坐在那兒白吃白喝，做個廢人吧！誰稀罕妳……」我不是她母親，是母親又怎麼樣？母親能到衙門告忤逆嗎？阿柳拍著手，譏笑說：「看吧，管我嗎？先管自己——」我要一頭撞在柱子上，白花花腦漿流著，流著，夏苓哀求般哭道：「姥姥，姥姥……我後悔了，認錯了，妳饒恕吧！」我才不哩……

「……姥姥，姥姥！怎麼啦？」夏苓嚷著，「去幫小信拿條褲子吧！小傢伙又尿溼了。」

「我去，我去。」她放開小信的手，匆匆向房內跑。她眞高興爲孩子們做事。她在家中還是很重要，孩子們需要她，夏苓需要她；她不在他們身畔，他們就感到不方便。她站在一堆衣服前，揀出小信的兩條褲子。一條藍花的，一條紅花。夏苓沒有說拿哪一條，怎麼辦呢？孩子是隨便穿的。她撿起紅花褲子，匆忙趕回，遞在夏苓手上。

夏苓說：「這條褲子怎能穿？」

「什麼？」

「還沒乾哪！摸摸看。」夏苓說，「妳越老越糊塗了。」

褲子抓在手裡，溼氣眞很重。剛才怎麼沒發覺？這不能怪我，我在乾衣服堆抽出來的。爲什麼要說我糊塗？……她不想爭辯，只好再換一條。都怪阿柳不好，阿柳粗心大意，收回溼衣服，放在乾衣服堆裡。她眞應該罵她一頓——可是，阿柳不會接受的。她會反過來說：「別裝腔作勢了，太太不是妳的女兒。天下的奶娘多著哩！」妳這賤丫頭，我要告訴太太，撕妳的嘴。「太太信妳的話嗎？」小苓不會信我的話，我年紀老了，離開她的世界太遠了。以前，一切她都聽我的，吃的、穿的、用的都由我安排，一條手絹、一隻髮夾，還要問：「這樣使得嗎？」「這個好看嗎？」忽然之間，情況不同，她再不相信我的話了……我指著她新衣服說，這兒太高了，應該縫起；那兒太緊了，穿起來不好受。夏苓會瞪大眼睛說：「現在流行嘛！」有時還顯出不耐煩的神氣大嚷：「妳老了，腦筋舊了，少管點兒閒事吧！」老了？我眞的老了嗎？老了，就該安安穩穩坐著吃、坐著用，一切都由他們來服侍……那時，阿柳更要譏笑她。她才不老哩……

「姥姥，快點嘛！」夏苓大聲喊。

她定一定神，才發覺自己站在衣櫃前，兩手抓著兩條褲子發呆。走向客廳時，心底感到特別煩、特別空虛，提不起一點勁兒，但她還是慢慢走近他們。

夏苓忙著爲小信穿換衣服，姥姥背對著她們，隔著乳白塑膠百葉窗，見院子裡煙霧迷濛。金黃的陽光，在眼前一閃、一閃……闊大的芭蕉葉，輕輕簸盪、簸盪……我該出去幫阿柳掃完地嗎？阿柳的事太多，眞忙不過來，她還要去買菜、洗衣服……今天是禮拜天，夏苓會幫忙，他們夫妻兩個都不上班。我就不能休息嗎？不能，還是忙點好。每天早晚，都由我掃前後院，用紅橡皮管沖洗陽溝；還要幫小仁、小義穿衣、洗臉，哄他們上學……忙得團團轉，覺得挺高興。今天，就等著吃飯了？我也可以找個方法消遣消遣啊！和我一樣年紀的人，她們幹什麼呢？也像我一樣無聊嗎？不會的，她們有親生的兒女，孫兒孫女一大堆……我能和自己的兒子在一起就好了。我是一家之主，大大小小都聽我的，不會有人說：「只是一個姥姥呀！」姥姥怎麼樣？夏苓和夏苓的丈夫都尊敬我，孩子們都喜歡我，我過得並不錯啊！吃的、用的、穿的都先經我挑，他們不讓我操心、不讓我勞力，如果誰說我生活不快樂，我倒要問問他……能和自己的兒子在一起就好了，我眞想看到富仁，富仁已三十出頭，也娶媳婦、生孩子了嗎？

「姥姥，把小信抱走吧！」夏芩舉起小信，用請求的口吻說。

姥姥轉過身，向前一步，彎腰看著她。

「他離開我就好了，」夏芩站起，把小信遞在姥姥手中，說：「纏著我盡要吃奶，在妳手內，他就乖了。」

姥姥把小信摟在懷中，笑嘻嘻道：「我手上有糖哩，孩子都喜歡我……」但小信並不眞的喜歡她，仍回身張開手臂伸向媽媽。

媽媽急急向房內走，一面說：「姥姥哄哄他吧，我還沒洗臉呢！」

姥姥輕輕搖晃著小信，在客廳內繞圈子，嘴裡哼著：「小信，乖呀、乖……」抱著沉甸甸的小信，轉了兩圈，便兩臂痠痲，氣力像全用光了。她摸著沙發扶手，慢慢坐下，輕噓了一口氣。老了，眞的老了，不中用了。夏芩是由她抱大的，一直到四歲，成天抱著，不感到累。現在抱小信一會兒工夫，就這樣吃力。老了倒不怕，就怕要死去，她還要見見自己的兒子富仁哩！離開富仁已十三年，不知道他變成什麼樣兒？還像以前不開口、問一句才答一句嗎？想到富仁，心裡便有歉意，她沒有好好照顧他。他還沒有小信這樣大，她就離開他。富仁懂事了，對她總是冷冷地，像怪母親貪圖夏家享受，不顧他和自己的家……可是，她並不願意這樣做啊！她和丈夫不和睦，婆婆又虐待她，受不了凌辱，才到夏家做乳娘，以後只能一個月見富仁一面。富仁慢慢和她疏遠了，她常帶信要他來看她，見面時他不講話，像被夏家的高樓大廈嚇癟了氣。他已是一個插秧、種田的道地鄉下佬，事實和生活都離開她有那麼遠。她總想，有一天，回到家中，她要慢慢補償失去的那些……但戰亂使我離開了他，我再也見不到他；他也忘記了母親。母親算什麼呢，誰也不看重妳，妳只是一個姥姥，夏苓的乳母，乳母有什麼了不起，雛雞喳喳叫哩，太陽影子吹著風轉圈兒，回到家就好了，我是一家之主，老祖母呀！痛死我了……

原來是小信扯住她鬢角的亂髮。她騰出右手，掰開小信握緊的拳頭。現在她只有稀稀的幾根頭髮，不能再讓孩子們拔了。她年輕時，頭髮很濃、很密，富仁和夏苓擒住幾根髮絲時，那種又痛又癢的味道，現在想起來，還覺得很快樂；但頭上的髮絲，變成灰的、白的，再找不出那又亮又黑的頭髮，我得到了什麼呢？就是「姥姥，姥姥」嗎？

「姥姥！」門旁伸進半張臉，說，「夏小姐在家嗎？」

她定神細看，才認出是戴眼鏡的朱先生，夏苓的同事。「在呀，在家呀！」

她站起讓坐時，動作慌忙，沒站穩，險些把小信摔在地上，客人搶上來扶她，說：

「您還是坐下吧！」

夏苓跑出來了，忙著讓坐、倒茶、敬菸……姥姥並沒坐下，倚在窗旁看著他們。有夏苓招呼客人，就用不著她了。她準備離開客廳，剛跨了二步，便聽到客人說：「姥姥精神眞好，有六十多了吧？」

姥姥停住腳步，覺得很高興，正想說，老了，不中用了………但夏苓已接著道：「哪裡，快七十了。」

夏苓和客人談的，是他們辦公室內的人和事，她插不進嘴去。她該離開這兒；可是，客人關心我，我也該找點話和客人談談，才是待客之道！好！機會來了，他們已停住話頭。她搶著說：「朱先生，你家的小強，長得有趣了吧……？」

夏苓掉頭看她，忙說：「這是朱先生啊！」

「叫朱太太帶小強來玩啦！」姥姥眞高興，她還是把要說的話說了。怎麼？朱先生低頭不理她，嘴唇動了半天也不說話。

「姥姥，別亂扯啦！」夏苓揮動左手，像很生氣。「小強是葛太太的孩子，這是朱先生哪！」

她這才明白了。朱太太有什麼桃色事件，朱先生和她鬧離婚呢！我怎麼這樣糊塗，把禿頂的葛先生和戴眼鏡的朱先生混在一起了？朱先生很不願意提到他太太哩！「你應該原諒她，」她要表示自己的歉意，接著說，「不要離——」

「好嘍！好嘍！妳該閉嘴嘍！」夏苓切斷她的話，眼睛斜視她；接著轉過頭去，對朱先生說：「我們不要理她，她老糊塗了。」

姥姥用門牙咬住下唇，不讓眼淚流出眼眶，她扭轉頭，不再看他們。百葉窗上的陽光模糊了，一陣灰白的霧滾滾地擠進來。她感到頭重腳輕，全身軟綿綿的，像要從地面浮起……夏苓當著客人的面罵我。那是誰錯了？我是教徒，教規不主張離婚。我勸他有什麼錯——錯了為什麼不能原諒？朱先生有懺悔的意思了，她不讓我說話……我是奶媽呀！海中漂的浪花，頭撞在礁石上破了。孩子有什麼用？白費心血，眞是罪孽。我要把小信摜在水泥地上，頭破血流大哭。乖乖啊不怪我——是你母親心狠哪！我再不照顧你們了……

姥姥突地向前兩步，把小信塞在夏苓懷內，氣喘地說：「給妳了，我不要抱了！」

她沒有再看他們一眼，旋轉身硬著脖頸，跨出客廳，順著走廊向前走。她要回到自己房內，關起門來痛哭一場……難怪阿柳要那樣說了，夏苓也不尊重我，我向誰訴苦呢？眞的，一點不錯，夏苓常這樣搥天剁地地待我，我眞是一個多餘的人。

「姥姥，姥姥……」小仁從走廊那頭走過來，攔腰一把抱住她，說：「我要去主日學校。姥姥，帶我們去。」

「我不去。」姥姥用手推小仁，繼續向前走。

小仁的頭，頂住她的胸懷。他說：「姥姥說過，帶我去的。我要去呀……」

小義也從房內跳出，繞著她，說：「去嘛，姥姥啊，我們一起走。」

「都給我滾！」姥姥大聲喝道，用力把他們兄妹推開，「找你爸爸媽媽去。」

小仁、小義都縮在一旁，呆呆看著她。她不顧他們臉上現出的詫異神色，任性地摔開他們。她用奶餵大、一寸寸摸大的夏苓，仍這樣待她。他們現在還不懂事，所以和她這樣親近。等到他們長大了，又變成什麼樣子……我能希望他們怎樣待我？我不是他們的母親，而且，虐待母親的子女多著哩！小苓依賴我、關懷我，她性情不好的時候才埋怨我、搶白我……人的性情不是時刻都會和順的呀！我這把年紀了，還和年輕人較量高低？在我眼內，小苓永遠是孩子。你看：小苓的丈夫正在書房內向我招手，他又要我幫他做什麼事了。我在這家中，還是要角呢！

她碎步穿過院子，大聲對著窗口說：「客人來了，朱先生在——」她沒有一直說下去，因看到夏苓丈夫的臉上，堆滿不愉快的神情。她的舌尖停頓了一下：我又做錯了什麼？說錯了什麼？扭轉頸子回頭看，一切都是正常的。灰白的水泥甬道，花池中的薔薇花幹搖曳著，老母雞領著一群小雞「嘓嘓」地走向廚房……

「姥姥，妳不能少管點閒事嗎？」他額頭的皺紋更深了，拍著桌角上的一堆書說：「妳又把我的書搬亂了，我早說過，我的東西不要人碰……」

「可是，桌上的灰好厚啊！」

「夠了，那關妳什麼事？」他手心向上，兩臂攤開，顯出無可奈何的樣子，「我早說過，妳只要吃、喝、睡就夠了，誰要妳管——妳一多事，我半天找不著頭緒……」

她急速轉身，不再聽下去。她眞想哭。他桌上凌亂的書、紙張、墨水瓶、菸灰缸……理整齊了，灰抹乾淨了，倒說攪亂了他的東西。世上還有眞理？現在，我向誰訴冤呢？難道要和阿柳談苦經？那麼，阿柳更會譏諷我了——我有什麼苦啊！都是我自己不好，小苓夫妻倆都不要我管事，我卻是一個勞碌鬼，東磕西撞地找釘子碰，又能怪誰？

「姥姥，忙不忙，還晒太陽嗎？」大門口一個女人呱呱叫。

她用右手搭起涼蓬，遮住陽光，才看出是隔壁的錢太太。錢太太穿淺藍連身衣裙，手提圓竹籃，邊走邊跳地衝過來。她心底感到一陣熱——發覺自己是站在太陽地裡。現在是初夏了，還晒太陽？笑話！人老了，笑話就多了。錢太太人好、心好、性情好，和她很談得來，她正愁閒得無聊，談談天也不錯。

「不忙，不忙。進來坐吧！」她挪動腳步，伸手相讓。

「不坐了，姥姥。」錢太太微笑道：「我要向您借割草的刀呢。」

「割草的刀？幹麼。」

「小平舅舅送來兩隻小白兔，」錢太太走近她，扶著她的右胳膊，慢慢向她房內走，「要割草給兔子吃。刀還在嗎？」

「在，在。」姥姥說，「孩子們都喜歡小動物。去年，小仁爸爸買回兩隻兔子，小仁、小義高興死了，成天看著，連吃飯都不想吃。我家富仁也喜歡兔子、鴿子、小狗……」

「眞的，」錢太太接著說，「小平看到小仁的兔子，就想瘋了，成天叫著兔子啊、兔子啊，所以他舅舅送來——」

「我送兩隻花兔子給富仁，」姥姥說：「兔子養大就溜掉了。富仁大哭，我答應富仁——」

「富仁？」錢太太站在姥姥房門口，詫異地看著她，問：「富仁是誰啊？」

姥姥突地生起氣來。她還不知道富仁是誰！我和她談富仁的事，何止一百次。昨天我還告訴她，富仁十一月才出生，身體好「棒」啊！他沒有燈，不肯睡覺。長到十八歲就好能幹，挑一百二十斤木柴，走五十里路進城。錢太太很驚奇，還大大誇獎一番，怎麼今天就忘記富仁是誰了？我再告訴妳，富仁是我嫡嫡親親的兒子，他已結了婚，生了孩子，小孩們和小仁、小義一樣聰明有趣，比妳家的小平強多了……妳只關心妳那寶貝兒子小平，割草刀不借，怎麼樣？以後，妳再來請教我：「布鈕頭怎麼打呀？」不會。「教我裁『唐裝』吧！」沒有工夫……簡直孩子氣，我想到哪兒去了？才叫人笑話呢！

她走進門，從門後牆角落拿起了彎彎的小鐮刀，說：「上鏽了，要磨快，才割得動。」

錢太太接過鐮刀，用左手拇指試試鋒刃，說：「還好，小平著急，等著我呢！再見。」

姥姥僵立門旁，兩手抓住後襟下襬，身體向左右擺動。她像失去了什麼，又像得到了什麼。錢太太的裙裾像浪花一樣飄蕩，不見了。我老了，離開他們的世界太遠了。小苓、小苓的丈夫、錢太太……我和她們有什麼關係呢？……

「姥姥，姥姥！」小仁又衝過來，兩臂繞著她，面頰貼在她的胸口。「媽媽說，要妳和我們一道去。」

小義跟在身旁，喃喃地說：「走啊！我們走嘛！」

姥姥緊握著他們又熱又嫩的小手，眼淚又注滿眼眶。她輕聲地說：「好，我帶你們去，你們要乖，要聽話！」

太太離家後

向東，向西都是一樣，那爲什麼不去東方？一、二、三……他走了幾步，突地回轉身踏向西方。

當然不一樣，他想。平時下了班，直向東，會彎彎曲曲地走到家。今天，起碼是在這時刻，他不想回家。回家做什麼？沒有飯吃，沒有人談話，就陪伴著空房子發愁？太太不經意地說，好，我走了。到哪兒去啊？什麼？你管我！你管得了我嗎？當然，他管不了她。只能說，好，妳走吧。還想叮嚀她，早點回來。話語到了舌尖又縮住。說了有什麼用？她回家還不到兩個小時呢！

她沒有生氣，一點氣惱的樣子都沒有，就輕飄飄地走了。你也用不著表示歉疚，因爲沒有給氣她受啊，沒有吵嘴，沒有責備她，連大聲說話的機會都沒有；但她還是走了，毫無牽掛地走了。

她可能是回娘家。那也說不定。她的母親會罵她，勸阻她，逼她歸來。昨晚他到岳家去接她時，她母親就說，該回去了，他明天要上班。妳要燒飯給他吃……哼！不燒飯又有什麼關係？你可以吃一碗陽春麵，喝那醬油、酸醋、胡椒粉調的麵湯。她不會關心你離開她以後生活情形的。那得由你自己料理。現在他不想吃麵，也不想喝那淡而無味的湯。怎麼辦？怎麼辦？不想吃，你是無處去啊！

西方，光滑的街道。百貨店、糕餅鋪、理髮室、來來去去的行人。汽車喇叭聲，風吹樹梢響動，蟬鳴，雞啼——啊！這兒是城市哩，不要匆匆忙忙。爲什麼這樣緊張？誰在等你們？有人燒飯炒菜，坐在門口盼你回家嗎？那麼你快點兒跑吧！

他不是一個閒散的人，正和他們一樣緊張。上班了，就得和那些公文、報表、草稿紙、漿糊罐打架。頭昏眼花，四肢無力，下班便想躺到床上休息。可是家裡沒有人服侍你，你得生爐子起火，煮飯燒菜，刷洗上一餐吃過的碗碟。忙吧，米呀、菜啊、水啊滿天飛，濃黑的煙繞著你旋轉。流眼淚算什麼？嘆命苦？嫌飯菜的味道不適口？大概是煙薰的吧。

現在他怕想起那些油膩、燒焦的味道，半生半熟的飯菜。不想多吃，唯一需要的是休息。辦公已忙了一天，不願再回到廚房去混戰。摸上衣裝錢的口袋，沒有。換一隻手，伸進另一隻口袋，試試運氣。壞透了，又是空空的。他眞有點不相信，連一碗陽春麵的錢都沒有。太傷心了。不吃，當然不吃。他早已說過不餓。因爲沒有胃口，而不是沒有錢逼得自己如此——沒有摸口袋以前，他就這樣對自己說過。可是，你從什麼時候起，就知道自己口袋是空的？不要騙自己了……這樣說太刻薄，爲什麼要說是騙呢？人總要找出理由來原諒自己的。

走吧，慢慢地走，要裝成很悠閒的樣子。是的，本來就很輕鬆嘛。陰沉沉的街道，霓虹燈的顏色走了樣，柏油路面又冷又硬，腳踏在路基上很彆扭。腿發軟，渾身沒有勁，是筋疲力竭的樣子。

轉了兩個彎。圖書館。猶豫片刻。當然要停下。是消磨時間還受別人讚揚的好地方。書能看得進去嗎？心情很激動哩！誰管你？目錄、卡片、登記……有點囉嗦。這些都是細節。細節在這時候，就不值得重視了。

靜。大家都很靜，你也不能發出聲響，閱覽室內人不少。報紙、雜誌零零亂亂。應該找一個位置坐下。隨意選擇。那是一本薄薄的書，一定不太深奧。打開書，才想起沒有看書名。書名對你能有多少意思？一頁頁地翻過去。這是最後一頁了。「怎樣使夫妻生活美滿？」題目滿有意思，書中怎麼說？容忍、諒解、忘記自我、犧牲……看不進去。她是自己要走的。我沒有逼她，虐待她——究竟爲什麼她要離開家，他一直到現在還不知道哩。

想想看。對了，記起來了。瑣碎的事不少。她離開家五天。進門時的面色開朗，顯得很高興。一會兒工夫就不對勁了，因爲進了廚房。新鍋子的底燒黑了。爲什麼不用舊鍋子燒飯、燒菜？鍋子買回來就是要用的。還分什麼新舊？是啊，你有什麼可以說？你不關心家中的事，不疼她，體諒她……鍋底燒黑了，要擦，你就不知道她要花多少力氣才能擦亮鍋底？鍋底總是要燒黑的，爲什麼去擦亮？這眞是個難解的問題。問她，她會告訴你嗎？或許她要加倍埋怨你一番。少開口爲妙。只好在心內對自己說，妳離開家的時候，就應該告訴我，誰在存心找妳麻煩。爲什麼妳要離開家？我是爲了生活才工作，管家並不是我的本分。妳爲什麼要這樣怪我，責備我？和生活、人造衛星相比，這問題太不值得重視了。五天當中，忙忙碌碌的生活——辦公、掃地、洗衣、燒飯……已受了很大委屈，妳還要搶理由來說。怎麼不令人生氣？

你還有生氣的權利？一切都是笑笑，裝成逆來順受的樣子，她還感到不稱心如意。假使你件件事、句句話頂眞，風波就要大得多。咧開嘴對她笑笑，好。這笑包括多少意思？悲哀，傷感，諷刺，自我陶醉……她不是一個觀察深刻的女人，不明白你的想法，也不能要她明白你的意思。那是一個沒有形體、大小的怪東西，裝在腦裡就會感到世界走了樣。可是沒有思想的人，活著有什麼意思？

呆呆地瞪著書算什麼？翻過去，重換一本。換不換都是一樣。明天得去找她回來。

眞對不起，我是太粗心了。家中的一切，該老早就關心的。男人對小事，都是糊塗蟲——不妥。你沒有錯，爲什麼要向她道歉，陪小心？那不喪失男人氣概？聽吧！她說，我不想回家。你沒有我，還不是過得很好？男人的嘴都是甜甜的，誰知你們心裡說些什麼？不會。她不會這樣說。她從沒有說過像這樣的話。她如果能把自己的感覺、情緒、憤怒……統統發洩出來，情形也許會不同。如你去她家，只說我接妳回去，她就獲勝了。這是一種無形的戰爭，他不要這樣被打敗。那麼要如何去解決這個問題呢？

一頁一頁地向前翻。換一本書才好哩。人慢慢多起來了。一個個地走進，坐下，他挪動位置，靠近窗口，避開那些新走進的人，以免擾亂自己的思緒。

避開會有效嗎？有許多事，你是無法避開的。前天，下了班，爲了寂寞，才在街上躑躅，碰到多年不見的朋友，握手，互拍肩頭。當然不回家吃飯了，家裡沒有人，還用說嗎？喝一杯。夠寒酸的，在一個走廊的麵攤上，切幾片牛肉，開一瓶劣等的酒。結帳了，才二十六元。摸口袋。糟糕，空的。錢放在另一件衣服裡，早晨沒有帶在身上。

老朋友搶著付帳。不好意思。定要盡地主之誼，攤販老闆識相，是老主顧了，帳記一記不要緊，下次帶來就行。他知我住處，顯得很慷慨。留張欠條吧，憑條付款。小數目，不要寫條子。誰曉得他內心怎樣想？拔出筆，一揮而就。離開攤頭，很開心，一切都很順利哩；回家就忘記這件事。攤販主人帶著欠條來取錢，照付。信用第一。

全部事情都沒有錯。錯在你沒有把那張欠條撕毀，仍平穩地躺在寫字檯上。她回家第一眼就瞥見了。爲什麼要到外面吃東西？沒有錢就該節省些，寫欠條多丟臉？少吃點不行嗎？那麼多的錢，足夠家中一天的開銷了。

他怎麼說呢？道理講不清啊。男人的天地中，有許多行爲，女人是無法了解的。這種最起碼的應酬，還能算是浪費？當然，她說得很委婉，語調也是輕飄飄的。使你不想和她吵架，連辯駁都覺得多餘。但聽了很不舒服。受委屈算什麼呢？嘮嘮叨叨地半天，你還是忍受了。裝作看書的樣子，方塊字一個個閃著，舞著，跳過去。她終於住口了。一場風暴避開了很開心。如你像她一樣囉嗦，天知道事情會鬧多大。受過「教訓」以後，欠條一類的紙片，就知道如何處理，不必再受悶氣……

的確很氣悶，悶得使他感到坐立不安。地方不大，看書的人太多。空氣缺乏嗎？應該打開玻璃窗。他扶著桌角站起，扭開窗上的搭釦。嘩啦啦——只推開半扇窗門。風不小，書頁一張張翻過去。大家，不，很多人歪轉頭看你。你把聲音弄得太響了，妨害別人的讀書心情——也許不是。誰知道他們是怎樣想的呢？

別人的思想，眞難以了解，她回家後，因兩件微不足道的事，麻煩他半天。他都用微笑打發她，而她終於說，我去了，你管得了我嗎？他怎麼辦呢？氣得快發瘋了。在屋裡走來走去，砸碎一隻茶杯，喝了兩瓶米酒。有什麼用？她看不見也聽不到什麼。箱子上加鎖，找鑰匙，不見。定是她帶走了。好怪啊！結婚七年，認爲她是絕對信任你的。爲什麼今天會鎖上她自己的箱子，帶走鑰匙？

鬱悶的氣從心底升起，胸中有很大的一個結，簡直要發狂。冷風吹吧！把熱昏的腦袋吹涼。桌上的書、雜誌都滑滑地翻動。大家會討厭我把窗子打開嗎？誰管他們的意見。一個人鹵莽地挨在他身旁坐下，碰得桌子搖搖晃晃，鐵皮的靠背椅，咯吱咯吱……大家又扭轉頭來——不，當然不是瞪你。只是你身旁的人，不知道秩序、禮貌、敬意……連累你在別人眼中起了變化。

你身旁的人，是高高的個子。蓬鬆的頭髮，穿西裝，沒結領帶。盡注意他的儀表幹麼。他蹺起腳，斜躺在你椅旁，擎起一本書在手中翻看。多麼不順眼，忍耐點吧。他只是你片刻的伴侶，離開圖書館，誰也不記得誰的樣子。太太才是你終身的伴侶。要同吃、同住……可是，多麼難受！啊，她不信任你。你一定得打開箱子看看，究竟爲什麼要加鎖。箱內的東西沒有增加也沒有減少。很久以前的事，記在今天的帳上了。結婚時，她從娘家帶來一點積蓄。一次，他無法度過一個經濟難關。她同意用去積蓄的大部分。現在是夫妻，不分彼此，你有權動用任何財物。她表現得很慷慨。第二次就拿走了那剩餘的錢。眞後悔，該告訴她的。但並不全怪他啊。那時爲了幫她看病，急需一筆不少的錢。而她是昏迷著的。事後告訴她，還不是一樣？她病好了。他和她都覺得很快樂。早已把這件事忘了。他想她早已知道這件事。夫妻是不應該在金錢方面計較的。誰料拖到今天，在一連串不愉快的情緒下發覺——我走了。到哪兒去啊？你管我？你管得了我嗎？

她為什麼會如此不近情理？七年的共同生活，得不到她的諒解、同情。她該體諒你的苦衷——忙碌、受委屈、經濟窘迫、人們不重視你……她該設法了解你，安慰你、鼓勵你不要灰心，日子一天一天過下去，苦算什麼呢？我們會咬緊牙關。妳眞是一個賢惠的太太，我一定要撐著腰板兒硬起脖子向前衝，苦盡甜來。謝謝，為什麼要謝？是義務雙方的熱烈吻擁抱新婚的甜蜜回來了幸福……

不是，什麼都不是。你只是孤獨地蹲在圖書室的一角面對著陌生的一群。誰都不知道你，你也不知道他們。淒涼、冷落。大家用輕視的、敵意的目光瞪著你。沒有啦，誰都不管你。你出去喝麵湯吧——氣悶啊。快要窒息而死。大家能講點輕鬆的事聽聽嗎？

坐在你旁邊的那傢伙，站了起來，側過臉來看看你。你干犯了他嗎？沒有，我想沒有，我有思想的自由啊！他挨著你，橫在你的身前，伸手去拉窗門。

嘩嘩啦啦

他該請你讓一下。那是禮貌。你坐在窗口，他要不要徵求你的同意？這些是小節，小節不要重視。要互相容忍、諒解。可能他比你還要失意落魄。誰知道他是怎麼來的，怎樣生活？

靜

那是貼在牆上斗大的黑字。沒有人反對。反對會有效果嗎？他該坐下了，還撐在你面前幹麼？

咯吱咯吱……嘩啦嘩啦

他坐下，聲勢不小。顯出很不開心的樣子，裝腔作勢。眞討厭。大家的視線又集中在這兒了，爲什麼要在公開場合引起大家注意，表現得那麼浮躁、淺薄。

快要窒息死了，眞受不了，爲什麼有那麼多的不如意事。人多，空氣不流通，有礙健康。爲什麼打開窗子的自由，都被這輕薄的傢伙剝奪？

倏地跳起來。不該靜一點嗎？是的，小心地打開窗。只拉開一條縫，就不會影響別人的冷暖——

傻瓜？你故意搗蛋？

罵誰？

你！

淺薄的傢伙罵你，該接受？屋子顫動，水泥地在旋轉。大家都盯著你瞧。嘲笑諷刺是可以不放在眼裡心裡你得容忍是美德，他們會怎樣認爲你是個膽小不爭氣的漢子？女人太太怎麼說？我去了你管我你管得了我嗎……管妳，當然管得了妳，你這不識抬舉的傢伙！

靜

響聲輕脆。手掌火辣辣地。他挨了你一記耳光。大家驚異地看著你。感到奇怪嗎？奇怪的事多著哩。很多事都好商量的。打吧。你該等著他還手。桌子、椅子、玻璃窗都可以打碎。橫豎沒有吃晚飯呢！他是一個文雅、懦弱的人——先罵你，現在愣愣地瞪著你。對不對都沒有關係，你沒有理由替自己辯護。不想辯護接受一頓打罵也許會舒服些吧？附近桌旁的人都圍過來，拉住他，勸他，安慰他……這是從何說起？

哈哈……

你笑大家嗎？他們都勸你離開這兒。年輕人火氣這樣大？有話好好商量。你們攆我出去？不要誤會，不要誤會。避免糾紛，眞的。什麼地方不好讀書？靜悄悄進來，大家擁你出去，很夠面子了吧？出了門以後，他們怎麼說、怎麼想呢？誰管那些。

輕易地滑出來了。還是那麼匆忙。你們眞有許多事要辦嗎？來來往往地走著，究竟爲了什麼？霓虹燈、柏油路面、嘈雜的混亂的喇叭聲，熱門音樂。

大姆指捏響中指，你必須對自己說，是多麼無聊的舉動啊！向東還是向西？當然一樣了。

枷與家

他第一句話就說，妳的心好狠。是的，她的確狠心，他坐了六個月的牢，她一次都沒有去看他，在情理上眞說不過去；但有什麼辦法呢？她恨他——是眞正地恨他。在口頭上不知說過多少次，他以爲他是她的丈夫，就不信她的話，她只有用事實告訴他，希望他也同樣地恨她。剛才站在這院中，她又堅決地表示：再不要他這樣吃酒、賭錢、打架還亂跑髒地方的男人。他們的夫妻關係，要一刀兩段，等到兩個月後，生下小孩，就和他辦離婚手續。她沒有讓他講理由，就連說帶罵地，把他攆出去。

她僵立在院中，注意那套在鐵環內的抵門橫槓。她想，他定是趁她獨自在家時才進來的。先生上班，太太去「家館」，臨時僱來的女工阿芹提著菜籃上街買菜；也許是他在門外窺伺他們一一地出去後，才捺響電鈴。不然，她不讓他和她有單獨談話的機會。她和他單獨在一起，擔心自己受不了他的甜言蜜語，會改變自己的決心。所以她一直攔住他，沒有讓他進主人的客廳，更沒有讓他去自己的小房間，就在這院子裡轟走他，關緊大門，門上橫槓。

院中有長方形的一塊白色陽光，忽然間她發現這陽光中又閃出他粗黑的面龐，門牙咬著下嘴唇對她冷笑。這是他剛才說第一句話時的神情。她眞怕他那種邪惡的樣子，以往她會擔心他又要做出什麼事：罵她、打她或是幾天幾夜不回來。但現在她不在乎，她不要依賴他，也不想和他生活在一起，只要主人肯收留她，等到她生產以後，一切問題都會解決。

她想，如果不是主人待她這樣好，她眞不知道該怎麼辦。肚皮這樣大，不能做吃力的工作。生下小孩，麻煩更多。幸而主人設想得周到，在她不能做事期間，僱來阿芹臨時幫忙，等到她生產後，身體結實了，再遣走阿芹。彷彿她已變成主人家庭中的一份子，她離不開主人，主人也不能沒有她。她在主人家工作了十年，十年的時間，堆集了一份很厚的情感，所以她寧可不要這樣下流的丈夫，也不忍離開這樣慈善的主人。

她曾一度離開主人的家，那是和他結婚的時候。婚後住在丈夫的家裡，不久便發現他是一個不安本分的人，夜晚很遲才回來，不是醉醺醺地像條死狗，便是大發脾氣罵人；後來索性成夜地不回家。她常常等到深夜，有時也會等到天亮，傷心和失望纏繞著她，而她的婆婆總是諷刺地說：又沒有回來？他不在家，妳怎麼過夜的？或是惡毒地指著她罵：就是因爲討了妳這個又賤又醜的女人，我的兒子才不願意回家！

這樣的氣無法忍受，她又回到主人的家。她離開半年，主人已換過三個女傭。她們不會做先生要吃的饅頭，也不會把換洗的衣衫，一件件燙好摺好，擺在每一個固定的地方，使要穿的人伸手就可以拿到。更不會用每天有限的菜錢，燒出各式各樣的菜，使主人吃了感到滿意。她是哭著回來的，但主人勸慰她，要把她當家中的人一樣看待，同時也希望她把這個家當作自己的家。

聽到這樣的話，她的心酸痛起來。很久以前，她就夢想自己有這樣的一個家。當然，她並不是想有這樣一棟半中半西式的平房，也不是希望屋內有浴室、電冰箱和後院的小花園。這些幻想，童年時代塞滿在腦中，她曾想到自己會遇見一個王子，王子突然愛上她，接她住進王宮，於是她所有的願望和需要全部滿足……慢慢長大了，這些美夢跟著歲月消逝，現在她只求現實，她看到主人的家內，先生白天上班，晚上回家，在太太和孩子身旁兜圈兒，那是一個多麼安詳、快樂的家庭！她願意幫助丈夫做事，也願意建立一個屬於自己的小小的家，家內有親切、溫暖……可是，她獲得的是打、罵和冷落，是一個冷酷無情的枷；還有比這更壞的是她丈夫在賭場打傷了人，被關進監獄。她不得不回到主人這兒來，獲得的工資要供養婆婆，還要送一部分給獄中的他做零用。這時她又滿懷希望，認爲刑罰可以使他悔過自新。所以規定的犯人會客日期，她總要抽出時間去看他，還帶些容易保存的食物和菜餚給他，希望藉此機會能夠改變他對她的情感。果然，他在獄中流著淚對她說，爲了她待他這樣好，出獄後，他要好好做人，更要好好待她。

再沒有比這事更能使她高興的了。她將有一個眞正的丈夫，有一個溫暖的家。她日夜盼望著他出獄的日子，終於他回家了。的確像一個規矩人。白天她在主人家工作，晚上回到自己的家，她覺得非常幸福。可是這美好的日子沒有過得長久，他又和別人打架，再被關進監獄。這次她再也不想原諒他，她不到獄中去看他，他出獄後，來到這裡，她便把切斷夫妻關係的決心告訴他。她對自己能有這樣大的決心感到欣慰，折磨她精神上的毒瘤，一下子給割除，立刻有一種輕鬆的解脫似的快樂，躍進她的內心。但這快樂的心情，很快地滑退，跟著有一種尖銳而又窒悶的感覺滲透全身，她又感到痛苦了。

她捧著凸起的肚皮。轉身穿過院子向屋內走去。把木拖鞋甩在「玄關」的水泥地上，吃力地爬上「榻榻米」。這時抓起溼淋淋的抹布，卻沒有心情工作。她剛把客廳裡的茶盤、茶杯、菸灰缸洗乾淨，「榻榻米」抹了一半，聽到門鈴聲去開門，才知道是他。如果早曉得他來找她，她就不會去開門了。現在她感到很疲倦，正像刺破一個脹得結實的癰疽，擠去膿和血，雖覺得一陣輕鬆，跟著來的卻是空洞洞的痛楚。突然之間，她發覺自己很寂寞。這種感覺從來沒有過，或者說從來沒有這樣強烈地感覺過。現在她只是孤孤單單地一個人了。以前她也是孤單地一個人。但還有一個在監獄中的丈夫。她沒有去看他，那是她對他的報復。以後，她連這報復的機會也失去，不知道他會做出什麼事，她自己得獨自地掙扎下去……

當然，她對自己剛才的決定，並沒有後悔的意思。她抛去抹布，平躺在「榻榻米」上想。這整理客廳的工作，她是可以不做的。太太說過，只要她把每天應做的事，一件件告訴阿芹熟悉了，在她生產的時候，家中就不會鬧得天翻地覆。她現在是不願意看到阿芹忙碌的樣子，才做這些輕鬆的工作，實際上她是可以坐著休息的。

忽然，聽到一陣嗚嗚的門鈴聲，她的心尖哆嗦了一下。但立刻就坦然了。她知道誰都沒有來捺電鈴，那是她的心理作用。從他跨出大門時起，她腦中一直嗡嗡地響。還有無數他的面孔——方形的，三角形的，生氣的，嘻皮笑臉的……在她眼前晃來晃去，彷彿她伸手就可以摸到他，或是他隨時都可以攫住她。現在她又看到他伸長的臉，嘴角披下來，現出非常生氣的樣子。他爲什麼要生氣？難道他認爲他的行爲都是對的？他一再爲自己辯白，說這次打架不能怪他。受了人家的圍攻，他不得不還手。如果錯處在他身上，他判刑會這樣輕嗎？

她一句話就把他的理由頂回去。爲什麼你又要到賭場去呢？他吃吃地說不出話來，她趁這機會趕走他。如果再讓他說下去，她不知將有什麼結果。她生性軟弱，禁不住他的硬纏、死纏。以往兩人鬧彆扭時，他若是涎臉地逗她，她會無條件地放下脾氣，躺在他懷內。這次和過去不同，她絕對不改變自己的決心，但還是很快地趕走他，免得自己……她翻了一個身，側臥在「榻榻米」上。她想不出自己爲什麼會這樣煩躁？眞希望和一個人談談。如她把這決定的事告訴太太，太太定會搖著頭勸她，忍耐呀，年輕人！不要任性；任何事，都會慢慢過去的。浪子回頭，妳就會有好日子過，享福了。別人勸她是爲了做人的責任，但痛苦背在她身上，別人怎會知道？

門鈴聲又嗚嗚地響，響個不停。她再不能懷疑自己的聽覺，一定要去開門。可能是阿芹買菜回來了。阿芹才十七歲，還不懂什麼，但她要和她談自己的事，一直地談，把自己和他的事，過去、未來全部告訴她。她聽不聽、懂不懂都沒有什麼關係，這比她單獨留在家中要好得多。

走近大門，拔開橫槓，門張開一條縫，露出門外站著的人的面孔。她的心猛烈抖動，雙手搶著掩門；但太遲了，他的左腿已伸進，立刻擠在她身旁。他眞的又回來了。她側身讓開他，忽然看到他捧著的左手和黃卡嘰褲上都是鮮紅的血。她不明白他嘴裡說的，還是自己說的……血，血……。他又和別人打架，闖了禍，又要連累她。她的胃在翻騰，要嘔吐，也像要暈倒。迷糊地彷彿聽到他在說，妳現在明白我的心了？我把左手的小指砍去，發誓做個好人，妳該相信我了吧……

她覺得自己眉毛的汗向下滴。不，他額角上的汗珠急速地滾動，臉色發青發白。他眞是一個流氓，說得到就做得到。剛才她以爲他是說著玩兒的，嚇唬她的，現在他眞的這樣做了。她的眼珠一轉，又看到他鮮紅的血，同時覺得他血紅的心，在胸口向外跳躍。她肢體顫慄了一下，捧著大肚皮轉身向客廳內跑。她要在書桌的抽屜內找出紅藥水和紗布，包紮他切斷的手指。她跑了幾步，又回過頭來，想招呼他進去。但她的喉頭被梗塞，無法吐出聲音，只能用目光在他的臉上溜了一轉。她立刻知道他已明白她的用意，因爲她看到他已慢慢地跟過來了。刹那間，她又迷糊了，她不知道自己獲得的是「家」，還是「枷」？

兩面牆

一切都很彆扭，空氣的分量也濃厚些，沉重些；抓起一把摔在臉上，準會把你的鼻子砸歪。胡說。冷颼颼的風鑽進肌膚，怪不好受的；這是一個寒冷的季節哩！我的衣服確是穿得單薄了。多穿點，就能保得住不打抖嗎？可是，我到哪兒去找更厚的衣服來穿呢？

還是睡覺吧！

退後一步，轉過身去，我把堆在牆腳的行李捲展開來。一張草蓆，一條灰毛毯，加上一個藍布包袱，這就是我的全副家當。但我一點也沒有輕視它的意思。躺在粗草蓆上，裹緊毛毯，風、寒氣就似乎逃得遠些。但是，一會兒工夫，冰涼的感覺，就從水泥地上浸印在肉體上、心臟內……多麼酥麻啊——你沒有體驗過，你就不會懂；還是不懂的好。擠啊，擠……擠，擠在同伴身上，同伴的體溫，滾動的熱血，像電流似地透進心懷，我們是同樣的命運，同樣的接受考驗。天亮了，太陽出來了，誰還想起夜晚寒冷的滋味。不想也不行，現在就是黑夜，屋中十二點的鐘聲已敲過很久了。

如果在屋內就好多了。風不會吹在身上，也不會繞著頸子打轉。關起門，好事壞事都可以做——那是夢想。你現在只是睡在走廊上。走廊上有兩根粗大的圓石柱，頭頂貼著牆根，左邊也是牆壁。我們六人，一個挨著一個躺在這兒，已經占有了兩面牆。一座房子只有四面牆，我們只差一半，人心眞是不知足啊。

睡覺了。用左腳褪去右腿的鞋，光著右腳脫左腳的鞋就不費事了。蹲下，從包袱下面，抽出一張舊報紙。又縐，又髒，眞不太高級。算了吧！你並不是高級的人啊。拎起鞋，有點噁心。紅皮面變做灰白色，綻了幫，用粗蔴線縫起來，鞋頭有一個大窟窿。但我還得把它包好，塞在包袱旁，枕在頭下。怕赤腳走路的人穿走——當然不是偷，沒有偷的價値哩。

睡吧，大家都睡吧！少想點，煩惱就會少些。什麼，胡老二還沒有睡。他叼著半截菸，斜倚在牆上，半撐著眼皮釘著我瞧，是爲了什麼？我覺得煩惱、彆扭，與胡老二有關？過了十二點，就是睡覺的時候，往日，大家都是嘻嘻哈哈的。總有人說，今天有個漂亮的娘兒們，對我笑。我撞在她身上，軟綿綿的，眞夠意思。錯了，她罵我死鬼。她是對我身後穿筆挺西裝的小伙子笑的。還是很夠意思，我是她的「死鬼」啊。低級，低級，誰說的？你數數看：報紙上有多少性病醫院的廣告？私娼館門前進進出出的是什麼人？他說，別談這個。別的人問，談什麼呢？有了，中個特獎，買一棟洋房，我們全搬進去住。用汽車搬一張大床，墊子有二尺高，人的身體全陷下去，一點風都鑽不進。土包子，別歪想了。有洋房給你，你不會住，也不懂布置。誰說的？你等著瞧吧！還要討一個漂亮太太。又是女人？不鬧桃色糾紛才怪。老婆姘一個印度阿三，像電影明星一樣。還是光桿，睡走廊的好。胡說！誰結過婚？結過婚的人舉手！好。沒有。你們都是土包子。明天，看我的。花上一天工錢，討一個臨時的……哈哈！又是女人。不用談了，睡覺。

那樣嘻嘻哈哈的味道挺不錯。說了，笑了，就會忘記又冷又硬的水泥地面。可是，現在胡老二用嘲笑的、不屑的目光看著我，一切都不對勁。可能胡老二並沒有什麼和平時不同，只是自己的心理上有毛病，認爲他在想：你不要神氣，是最後一晚當「老大」了。明天我們就要分開重新打天下，誰都不接受誰的指揮……

眞煩。睡兩面牆的走廊，也不能長久，你說公平？剛才那老頭，代表屋主說話。他瞪著眼，抹著鬍子。你們明天就要搬。不搬不行，不能通融。主人說，你們睡在這兒，破破爛爛的，有礙觀瞻。懂得「觀瞻」嗎？對你們要說得簡單點，就是體面，就是面子，爲了你們，丟了主人的面子。可不行。不搬。絕對不行。等著瞧，看有誰會趕走你們？維護面子要緊啊……去你的吧！什麼叫面子。那麼大的一間屋，有四隻大吊燈。只擺兩張桌子，兩套沙發，沒有人影。十二點鐘以後，六個人睡在屋外的走廊，會丟他的面子？

誰知道主人是什麼意思。他是僕人，僕人的嘴臉，比主人難看。但你到什麼地方去找主人呢？是的。搬，搬。不要嫌風冷，地面硬，再到外面風霜雨露中去打幾個滾！裝得乖乖的，做成很聽話的樣子。假使有一天，寒流來了，凌厲的風雨，剮掉你的皮和肉，不能忍受了，你還可以偷偷地匍匐在這兒。現在彎腰、鞠躬，臉上堆滿了笑容，像很樂意離開這兒。不離開這兒行嗎？是人家的房屋和走廊，主人手裡抓著所有權。所有權是被法律保護的哩。

大家離開這兒，胡老二定會很樂意。他的身體壯，力氣大，他們都怕他，一切都聽他的。你來了之後，他打不過你、罵不過你，所以大家都喊他做「老二」。他被冷落，他的話沒有人聽，他已沒有權了。現在散伙，各奔東西，在新環境內，憑他的力氣，又要爭到領導權，他現在可能很得意、很高興呢！

這眞令人心煩。爲什麼大家都要爭權？白天擦皮鞋呀、賣菜刀啊、撿廢銅爛鐵和破布啊、做泥水工啊……忙忙碌碌地勞苦了一天，就只餵飽了一張嘴。住的、穿的都沒混上，夜裡睡在走廊裡受凍，還要挑眼、鬥心機，眞是何苦。當然，誰都受不了誰的氣。

我能聽胡老二的話，受他的指揮？第一晚來到這兒，他那樣的味道，就叫你受不了。新來的傢伙，拿這鉛桶，到那兒水籠頭，拎桶水給大家洗腳。他那不打折扣的語氣，和大家臉上的木然表情，像是沒有討價還價的餘地。小心翼翼地低著頭，水拎來了。不要發呆啊，懶傢伙。到那邊小篷子裡去，把東西搬來，給大家睡覺。爲什麼他們自己不……這是規定！誰規定的？我！爲什麼要這樣……？新來的小子，就得服務！這好像不公平，我反對——反對？好吧。一拳打在你的臉上，身子一閃，才滑在肩頭。不要動手打人，要講理啊！誰和你講理？講理就不來睡走廊了。又是一拳打向心口。右手接住他的拳，左拳便在他的下顎上還了一記。扭著打起來，胡老二被掀翻在地上。揪住他打了一頓，才放他起來，就輪到你發號施令了。今晚上，東西由他搬。明天起，誰都不要做老太爺。自己打水，自己搬行李。都聽到了吧？當時一點都不怕。事後想起來，實在膽寒。另外的四個人，都來打你，怎麼辦？許多行爲，都不是自己想做的、要做的，但還是迷迷糊糊地做了，所以也就無法拿常理來衡量。那時他們可能討厭胡老二，假使再來一個比你強的人，他們也就討厭你了。

胡老二，你不要看著我，今天你還得聽我的。我有絕對的權力控制你。現在不是明天。明天的事，誰也不知道，明天，又算得了什麼呢？

你看我吧，討厭我吧，我仍是不理你。我裝作不知道。裝聾作啞，往往對事情有利的。

抖開毛毯。噢，有一個洞。洞裡會跑走不少暖氣，鑽進不少冷風。坐下。伸開兩條腿，躺下。頭還沒有靠著枕頭——藍布包袱。什麼？有一個老頭，從走廊那頭，順著陽溝蹀躞走來。彎腰，皺著眉頭，滿臉的可憐相。這老不死的傢伙，昨天被趕跑，這時候又來了？

猛地躍起。捏緊拳頭，揮了一個很大的弧形。屋內吊燈的光，從高大的玻璃窗透出，在身影旁飄搖。振大喉嚨喊，滾開。不要來。拳頭。認得麼！

老頭嚇住了。認得，認得。不要打我，我不會用武力，用武力太野蠻。我只是求你，求求大家。讓我在這兒住一晚，明天就另找地方。

滾開。胡說。

你們這兒地方多，多這麼大一截。添我一個老頭子，不會不方便。你們都是年輕人，看我老頭子分上，做做好事吧。

老不死，這兒不是慈善機關。

知道，知道。昨晚你們不讓我在這兒睡。我睡在火車站，又被趕跑了。後來，後來，縮在垃圾箱房。又臭、又冷，那味道可不好受。可憐、可憐我這副老骨頭吧！我活在世上不久了。

誰可憐你？我還要別人可憐哩。

胡老二用力擲開香菸頭，舔舔嘴唇，開口說話，好像同情他了。你沒有兒女嗎？

有一個兒子，很大了。

兒子不養你？

養我？眞笑話。我就是被他害苦了的。先用籃子賣燒餅油條。錢多起來，就開個小店。生意不壞哩，先生。大爺。還買了田，買了地皮。兒子慢慢大起來，他的母親死了。我眞寵他，沒有讓他念書。他學壞了。玩哪、賭哪。田地都賣光，替他還債。他回來，說改過了。只有三個月工夫，全光了，店鋪、財產，親戚朋友統統沒有了。兒子跑了。我又用籃子賣燒餅油條。白天好過。唉！晚上呢？我眞後悔。沒有給他念書，受了教育，就不會做壞事……

老不死的，你懂個屁。受了教育，花樣更多。他會賣了你，也會殺了你。你沒有積德，生了個壞兒子。教育眞能把你的兒子教好嗎？看看：不少的大學生，投機取巧，竊盜啊，奸淫啊，傷害啊，殺人……比這些更壞的事都做得出。是誰教他們的？你要他們做好人做好事。他們硬要掙脫這個枷鎖，看你怎麼辦？老頭子，認命吧。你還是滾開，我不同情你。

好。睡倒的幾個人都很注意這件事了。他們都翹起頭來，看看老頭兒。他們都同情他吧？一個人想：該留他住一夜了，橫豎是最後一夜。另一個想：管他呢，留他不留他我管不著，也做不了主，還是睡覺養精神，明天的工作等著我呢！第三個人想：這很熱鬧哩。看樣子又要打一架了。老二像同情老頭，要留老頭住在這兒。老大不答應。這是最後一次報復的機會，恐怕老二不肯放過。最後一個人想：老頭的兒子眞是不孝嗎？大概他是個老騙子。我要把他留下來，明天和老頭一道去找他。結結實實揍他一頓。如果胡老二講個人情，老頭兒可能會被收留下來……

不行，就是不行，隨便他們怎樣想，我不在乎。或許他們想得會更多些，更複雜些。我能禁止人們不思想嗎？做不到。誰都做不到。他們都不講話，默默看著你，那是多麼可怕啊！我不講話，他們也不知道我心裡怎樣想啊。假設他講的和他所想的不一樣，你不但不知道，反而更迷糊。誰知道胡老二怎麼想呢？

他是對我說的哩。語氣滿好聽，沒有一點挑釁的意味。但是可憐不可憐，應該由我來決定。我們不可憐嗎？白天工作啊，東奔西跑啊，流汗，吃灰塵。誰來可憐你？人家趕我們走時，爲什麼不知道同情？我們應該享受這樣待遇？你能說他們不對？

大爺。先生。謝謝這位先生，大家。

不，不要謝謝，你得滾開。你要聽我的。你認得拳頭嗎？大家都要聽我的。

我又竄上了一步，拳頭在他腦殼前晃了晃。他沒有退縮。諒定我不會打他，不敢打他。因爲胡老二幫他說了話。看樣子，他有點頑固了。

那位先生，大爺，要我住下的，不關你事，我睡在他旁邊——囉嗦。討厭。拳頭對準他的腦門擊去。他沒有讓開的意思。還是偏開一點吧，他吃不消這一拳的。拳頭落在他的肩窩上。他倒退了三步，晃了晃，再晃了晃。沒有倒下去。屋內的燈光，把他臉上的線條，照耀得發亮。

掉轉頭，見胡老二正僵直地躺下去。他是睡覺了，睡覺的時候已過了很久。大家都平靜地睡了。

老頭兒搖著腦袋，彎腰。一步一咳地順著陽溝走去。

又打了一個勝仗，我覺得很高興。老頭走了我也該睡了。躺在草蓆上，裹起毛毯。但我總想要哭。哭就哭吧。毛毯裹起頭，大家都看不到，我就嗚咽地哭了起來……

一枚鎳幣

喊阿姨嘛，喊阿姨來吃飯嘛，新華眞的搖搖晃晃，兩手扶門框走進房間，拉著妳的中指往外拖。

妳只在床前矮竹櫈上動一動，沒有站起。新華的力量，能夠拖動妳嗎？不能。妳已氣飽，不想吃飯了。現在妳就該告訴新華，我不是阿姨，我是你媽媽，你是我親生的兒子——新華才三歲，會相信妳的話？同樣的謊話，講得太久，就變成眞話，孩子不會懂妳複雜的背景，妳能向誰訴苦。

新華是個不懂事的孩子，前後左右纏著妳。妳嫌煩，推了他一把，大聲說「不吃！」他撿起地上的一枚鎳幣，又搖搖晃晃走了。

一會兒工夫，飯廳內的響聲——碗筷聲，杯盤敲擊聲，談笑聲，喝湯的咕嚕聲鬧成一片。他們已忘記妳這個在陰暗角落裡的人。他們是由父親、母親、兒子、女兒組成的一個家庭；妳呢？妳是一個多餘的贅瘤。妳眞是一個贅瘤嗎？他們和妳的關係，都很不平凡：一個是妳的姊姊，一個是妳的兒子，那一個是妳的姊夫——不，是妳的丈夫。他占有妳，使妳從高貴的地位，跌落在陷坑內，妳不痛恨他嗎？

妳不痛恨他，還非常——時時刻刻想獲得他的一個笑臉，希望他能走到妳身邊，講兩句親熱的話。但妳表面始終裝得冷冰冰的。不冷冰冰的怎麼行呢，大家都用不友善的態度看妳，妳也高興不起來啊！姊姊對妳說，妳已沒有那麼大魅力，不要裝腔作勢了！天哪；我什麼時候裝腔作勢過？我魅力大也沒有引誘——都是她說，娟娟啊，陪姊夫去玩吧，我懶死啦，下了班就不想動……是她要妳陪他去看電影、跳舞，划著船飄呀、飄呀——娟娟，妳眞美，美得眞像一隻小白鴿……噢，不要響，我幫妳買的，一條寬白皮帶，結在妳細細的腰上，多美，繡花手絹，淺色的口紅……爲什麼不要響？瞇著眼笑嘻嘻，笑得妳心慌——他壓在妳身上是一個無賴？兩隻手像撥火捧攪翻了世界。妳的兩隻手呢，不能掙扎了嗎……刺心的痛、絞腹的痛，痛死我啦。護士說，忍耐一點。醫師點點頭說，生了……新華出世了，呱呱叫。妳已是陳太太了。九點了，陳太太走啊，買菜啊！妳拿起菜籃向外走，但內心還是很彆扭——妳沒有結婚，生了孩子就變做太太了嗎？

這樣的身分，使妳不能安心。但妳還以爲孩子是自己的親骨肉，姊姊會關心妳，姊夫會疼愛妳——誰知全變了。阿姨啊、陳太太啊……聽起來怪難受。比這難受的是姊姊和姊夫的態度不同了。妳的身價爲什麼會降落呢？姊姊沒有男孩，只利用妳生了一個兒子，有了兒子傳宗接代，丈夫不提離婚，她就不需要妳了。人會如此自私嗎？可是，姊夫是喜歡妳的，愛妳的……眞的，我愛妳的，愛妳身上的一分、一寸……以後的事誰管得了那麼多。管，管，我全管——現在他就不管妳，妳已變做他的姨太太了。他說娥皇、女英同做舜的妻子，妳就不能夠嗎？妳已掉下陷阱，自然大家會賤視妳。能不能有什麼分別呢？爲什麼妳要那樣錯下去？

妳覺得煩悶了？月光爬上窗櫺，偷窺著妳——噢，兩隻閃亮的眼睛。喂，娟娟，睡了嗎？噓！不要響。月夜多美，散步嗎？我們……那發光的日子過去了。眼睛，噓聲，美……都不存在了，只聽到喝湯聲，咀嚼聲，誰能不吃飯呢。妳可以一頓、一天不吃。因爲妳的地位，在家中是無足輕重啊！

從矮竹櫈爬到床上。妳應該脫掉鞋子，不然，要汙染床單。已經平躺在床上了，妳眞感到煩悶嗎？拉開上衣，踢掉左腳的鞋子，還剩一隻套在腳上，不想再動了，就讓它染汙吧！煩悶、忿怒有什麼用？是妳自己一手造成的呀，又能怪誰？那時妳是一個少女，別人都讚美妳，妳多驕傲啊。走在男孩子面前，他們眼睛直愣愣地盯著妳，對妳吹口哨，看樣子就要抓妳一把或是咬妳一口。妳走起路來輕鬆，骨頭眼兒裡都感到寫意。

可是，今天妳躺在床上聽別人吃飯、喝湯……那是妳太輕信了他，把感情、肉體都交給他……

翻了一個身，身體蜷曲著，左臂壓在頭下。那有什麼辦法呢？妳的天下就是這麼大。十二歲的時候，就和姊姊、姊夫住在一起。他們都說妳是孩子，妳會躺在他們的懷裡撒嬌。姊姊生的女孩，慢慢長大，小學三年級了，妳也會長大的呀。是的，妳已和姊姊一般高，身上穿的衣服都是緊繃繃的。姊姊白天上班，小女孩去上學。家中只有姊夫和妳在一起，幫著妳做些撣灰、掃地、澆花的小事——他眞閒得很哩。在一間公司裡掛名不上班，一個禮拜才開兩次會。成天陪著妳笑，陪著妳說話，陪著妳做事。有時他會拍拍妳的頭，拍拍妳的肩，摟著妳在屋中打轉，妳高興得直噓氣——我是個孩子，他是我的姊夫，親暱點有什麼關係。然而，他早已不把妳當孩子看待了——娟娟啊！妳眞不知道？我愛妳很久啦，從那次划船之後，我抓著妳手的時候……妳怎能……姊姊呢姊姊，還有孩子。孩子怎麼辦……妳想得太多了。那是以後的事，以後誰管，妳姊姊不知道。知道又怎樣？一切都有我哩——抱著孩子，從產科醫院回家，姊姊臉上的霜有一尺厚。妳只好低著頭跨進門。心虛啊，做錯了事。一步踏錯，人生就全部錯了。

姊姊能怪妳嗎？有資格怪妳嗎？她是故意要妳這樣做的呀！姊姊認爲自己老了、胖了、醜了，沒有辦法拉住丈夫的心了。唯有娟娟可以利用——姊姊應該想，我這樣待妹妹，對得起母親嗎？媽媽說，我不中用了，皮老骨頭硬不能再流浪，妳照顧娟娟吧！娟娟年輕不懂事，我是姊姊，除了照顧她生活以外，還要注意她感情的發展……壞了，一個是妳的丈夫，一個是妳的妹妹，吵嗎？鬧嗎？還不是丟妳自己的臉，不如讓他們自由發展，生了孩子以後，再慢慢收拾他們……

妳猛地坐起，然後又直著腰躺下，不能再想下去了。多麼煩悶啊。那絕不是眞的，姊姊如果眞這樣想，妳就不能原諒她了。或許她已感到苦惱，自己的丈夫，躺在別人懷裡，還耽誤妹妹的青春。孩子喊她做媽媽，她就眞的變成媽媽了嗎？我不相信。新華長大後，總會知道的。如果新華知道母親這些祕密，大家都不好辦。那時候姊姊就可憐了。拖著眼淚鼻涕告訴人：我做錯了，存私心的人，總不會有好報。兒子打我、罵我、還不給我飯吃！妳們說有天理嗎？哈哈哈……這……叫做天理嗎？

可是全家的人在吃飯，讓妳孤獨地留在房中聽那喝湯的聲音。媽媽，我要吃那條魚……心裡好難受啊！揚起右腿，腳上的鞋子又甩掉了。白底藍花的長裙裹在小腿上，用力一拉，「咔嚓」的響聲怪好聽。哦，裙子綻開一條縫。管它呢。舊了，不耐穿。衣服是新的漂亮，人是舊的好——好什麼？可以知道妳的脾氣、個性，找出機會玩弄妳、利用妳，妳是全部失敗了。失敗的是妳的精神，妳再也振作不起來了。明白了。

大家都可以不管妳，因爲妳的年紀小不懂事；或是由於自私。而他是男人，是掠奪妳精神、感情、肉體的男人。他應該來陪個小心，說：娟娟，不要生氣。妳還不知道妳姊姊的脾氣嗎？工作苦，收入少，物價一天天高，窮家難當啊，她說的話，由我來負責——不，我來道歉……關你什麼事。走開。他撲在妳的身上，雙手伸在胳肢窩下。咯……咯……大笑了起來。

沒有，笑聲已離開妳很遠了。自從發現妳有了身孕以後，心情就一天天沉重。今天沉重得更厲害。妳究竟爲了什麼事這樣煩悶，這樣難過啊？怎麼會想不起來？妳這個人多奇怪；一下子就糊塗了。

沒有。想起來了。姊姊說……妳不像妹妹，又不像姨太太，成天在家中瘋瘋癲癲……。妳沒有打她一記耳光，因爲她是妳姊姊嗎？因爲那男人——姊夫用目光止住妳行動嗎？都不是，因爲這句話來得太突然，妳不知道如何應付了。是的，妳有點瘋了。像妳處在這樣環境，能不發瘋？姊夫應該同情妳。沒有，他不作聲，看妳一眼，就把眼皮垂下。他是表示沒有聽到，沒有聽懂？不，是表示歉意嗎？

他才不會有歉意哩，可能是洋洋得意。書本上不是常常說「雙鵰」嗎？男人的優越感很強，征服的女人愈多愈顯出自己「風流」。多麼無恥啊！爲什麼妳要上當。

他不會感到得意的。已有半年多的時間了，他成日皺著眉，頭垂在胸口。姊姊不在身旁的時候，才悄悄地說兩句話，怕被別人聽到似的。妳大可以嚷著說誰稀罕和你說話。爲什麼現在膽子小了？以前你的膽大包天哩！可惜，妳沒有機會和他這樣說。妳和他要說的話太多了。但姊姊不讓妳有這種機會。她現在不上班，成天盯著妳，她說妳生一個孩子已夠了，還要再生第二個嗎？這理由是多麼正當！但妳是人哪，人能像禽獸一樣：今天嫁雞，明天嫁狗嗎？

如果他是一個眞正的男人，一定比妳更難過。他說過，以後的事，他全管，現在他全不管了。有另一個男人看上妳——找到妳的男人，妳就昂著頭離開了他。他怎麼說，怎麼想呢？他也會像妳現在一樣，眼睛看著有雨淋的水漬天花板，想到過去、未來、現在……他眞會這樣想：又有人愛娟娟了。娟娟啊！那是別個男人的喊聲，怪肉麻呀！妳愛我嗎？我不知道。愛我嗎？老問幹麼呀？妳說嘛！我不說。妳以前愛過嗎？愛過。怎樣的一個人呢？是一個沒個性的男人。怎樣沒個性？沒個性就是沒個性。自私，沒有勇氣，猶豫，不堅持自己的愛……

不，他不會這樣想的。或許他認爲他的目的已達到了。他已掠奪了妳的青春、感情。妳已幫他生了孩子。以後的路由妳自己去走，他毫無責任了。他可以躺在長沙發上，咬著菸斗，右腿架在左腿上搖晃、搖晃……妳的苦惱與他何干。全家人吃飯，少妳一個，並不見得寂寞啊。這就是人，高等動物的人的做法、想法。人都是這樣的。妳又能做些什麼？

妳什麼都不能做。可憐哪，除了躺在床上想想以外，只好任別人從妳頭上踏過去。不論是侮辱、輕視、虐待，妳都得接受。妳是一個溫順的弱者，不知道自己要什麼，也不知道自己不要什麼。看到嗎？像牆上的一隻蜥蜴。不，妳不會像牠那樣矯捷、那樣自由。妳是一隻僵而不死的百腳蟲——

坐起來了。起來又怎麼樣。妳要找鞋子嗎？只有一隻。套上腳再找吧。頭有點暈。餓得發昏。正常現象。粗糙的水泥地，刺痛左腳心。光腳板的味道眞不好受。向房門口走。妳要出去嗎？是的，妳要吃飯。碗筷不響了，還有咀嚼聲哩。缺少精神，站直的精神。明白嗎？脊梁挺直，昂起頭，妳要去見見他們。大家。告訴他們，光榮啊、恥辱。世界是大家的，誰能搶妳的呢？唯有妳自己。妳自己是主宰啊！

姊姊看到妳了。她摔下筷子，瞪著眼瞧妳。哈哈，奇怪嗎？我要吃飯，我要做人、生活……不要講話，咧著嘴對他們笑笑吧，有許多眞理，是無法說得清的呀。

姊姊迎著妳走來，她說，看看妳這種樣子，還不回去。回去幹什麼？大家都掉轉頭，用驚奇的目光看妳了。究竟妳是什麼樣子呢？可以低頭瞧瞧：上身的衣服敞開，裙子裂開一條大縫，赤著一隻腳，身上露出不少的肉。肉感哪。假使只有妳一個人，他，姊夫定會跑來擁著妳。可是，現在他只看妳一眼就垂下眼皮。妳知道他在想什麼嗎？他想：她是一個下賤的女人，不正經。赤身露體地跑出來幹麼？眞後悔，以前爲什麼和她

——做愛呀，看起來，像瘋了。鬧得不像話，不成一個家，一個瘋子——去你的吧，你要這樣想，就不是男子漢了。過去，那一天，是最快樂，最痛苦，最悲哀的一天，你才是瘋子哩。算了，事情過去了，今天和未來的日子，才是最寶貴的。拿得回來嗎？

妳要做什麼？姊姊跑到面前，拉著妳的膀子問妳。我要什麼呢？什麼都不要。我只要精神，做人的精神。在學校念書爭分數，在辦公室裡做事，想獲得一聲誇獎。向上求進的精神。現在沒有了。因爲妳墮落在泥沼，爬起來，好嗎？誰能指導妳去做呢？

僵持在這兒不是辦法啊！新華說，阿姨，吃飯哪。妳不要吃他們家的飯了，明白嗎？想起來了，新華拿走妳的一枚鎳幣。那是妳遺失的，妳要拿回來。

妳大聲喊吧，我要那枚鎳幣！

鎳幣！姊姊不相信地看妳，又掉頭看桌上的人。爲什麼會要鎳幣。五分、一角或是二角的鎳幣，又能值多少呢？那不管，我要拿回來。誰能確定價值呢？那得看妳怎樣估計呀！

新華推開碗筷，大概他已吃飽了。他爬下櫈子，蹲在地上，找什麼啊？在桌腿旁，他撿起那枚鎳幣了。他用拇指和中指捏著，舉起來說，阿姨，在這裡。

姊姊又回轉頭，狠狠瞪新華一眼，大聲說，快拿來。

新華又搖搖晃晃地走來，他走路的樣子多可笑啊。

妳抓著這枚鎳幣了。這是二角的鎳幣。不知妳在什麼時候遺失的。那不要緊，現在已經找回來了。明白嗎？妳又可以回去了。

摔開姊姊拉妳的手，轉身向房內走去。妳眞明白自己爲什麼出來，又爲什麼回去嗎？

圓舞曲

她踮起腳尖，從門上方玻璃向內張望。屋中靜靜的，沒有聲息。她側轉身，影子在銀灰色門板上晃盪。她沒有主意了，不知道該怎麼辦。在家裡急著要出來，像要趕著做一件事，或是急需會一個人。到了這兒，又不想進去；反覺得逛大街，比等在這悶沉沉的黑房子內要好得多。好吧！應該再看一看。她抹去闊邊太陽眼鏡，彎下腰，左眼覷著鎖匙孔瞧。一塊青得發白的水泥地，翠綠沙發的一角，半截長方木腿……活該倒楣，沒有人在家，空跑一趟——那不很好嗎，我是不願意進去的呀……

「鬼鬼祟祟的，是誰？」門縫鑽出的聲音，低沉還帶點「絲絲」的味道。

「我啦——小李，幹麼不響！」

「進來呀！『響』什麼？」

「門不開，要我飛進去？」她面對著太陽光，右手抓著乳白色眼鏡腳，搖啊，搖啊。太陽的左旁，有一小片黯淡烏雲，悠悠飄盪。現在明白了，只有小李在家，「田雞」沒有來。和「田雞」玩，比和小李在一起有趣得多，「田雞」很可愛，但很危險；誰管那麼多，今天只好過一個彆扭的下午。她昨晚失約，「田雞」一定很生氣，不會再來這兒。那麼她必須進去，不能回頭走了。

「妳沒有手嗎？曉得妳準來，門沒閂——」

旋動圓柄把手，突地覺得小李的話，很刺耳，很不客氣。他敢輕視我、討厭我？他捧我、奉承我，我還不愛理哩！如果早知道他一個人在家，絕不會來到這門口。把手旋了半圈就停住，她眞想撤轉身就走。和呆頭呆腦、死死板板的人在一起，有什麼意思。握著的圓把手有股旋動的力量，門突地被拉開了，小李兩手撐門框，咧著嘴笑道：「發什麼呆，小江，進來呀！」

放快活一點吧，不要認眞，爲了尋開心才跑出來，何必將煩惱套在頭上！「『田雞』沒有來嗎？」她問。

「會來的。」

「他不來，我就要走了。」黑色皮包，掛在右臂，畫了一個圓弧，她從小李身旁擠進屋內。這不是眞話。她也不想說，但還是說了。爲了報復他剛才的無禮。他也許聽了感到很難受，就讓他難受一點兒吧！男人都是賤貨。「田雞」來不來和她不相干，她把誰都不放在眼裡、不放在心上。小李和「田雞」都了解她的想法；嗯！也許他們對她的心理，一點兒都不明白。她不希望他們了解她。她自己的心，被別人捏住，就不好辦了。她抓住機會，總說些使他們糊塗的話。要他們想：她愛他比愛我更深一點、她對我更好一點嗎？他們都是些傻子，喜歡那樣想，有什麼辦法。說真的，她連自己也不知道需要什麼？想得到什麼？她是人哪，人心會千變萬化的。

她把皮包和一本五彩封面的雜誌，拋在窗旁三屜書桌上。正想把眼鏡放進皮包，霎時就變了主意，仍抓著眼鏡腳，跳向小李身旁。小李斜躺在沒有靠手的沙發上，目光迎著她。

「我告訴你，你這兒好安靜哪！」她兩膝橫跪在另一張沙發上，和他隔開一張長方小茶几。

「妳來了，就不安靜了。」他說。

「胡說八道。」她揚起眼鏡，要敲他的頭。右臂伸出一半，便縮了回來——他不和「田雞」一樣，任何時間，他總是裝得規規矩矩的，像不喜歡打打鬧鬧；她只好嚴肅一點。「如果你討厭我，我就走！」

她站了起來，自己的大圓耳環，撲擊著面頰。他眞不討人歡喜，爲什麼盡說這些喪氣的話？難道他眞不滿意我的行爲？對我的青春和美麗一點也沒有感覺？他定是一個變態的男人，不喜歡朋友，沒談過戀愛。這對他是多麼好的一個機會啊！「田雞」還沒有來，他不論對我說什麼，我都不惱，因為我不把他放在心上。「田雞」為什麼不來？眞悶死人了。我怎樣才能把這客廳，攪得熱鬧起來？早知如此，眞該獨個兒逛街去，一串串的行人，五顏六色的玻璃櫥窗，閃電的汽車，坐上去兜風，從電梯上跌下來——胡說八道。

「妳怎麼能走啊？」他右腿一伸，眼珠一翻，搖搖頭：「『田雞』還沒來呢！」

「去你的。」她又想用眼鏡敲他的鼻尖。他的鼻子又高又大，看起來好滑稽，像個外國人。如果她現在和外國男人單獨在這間房內，情況就不同了。不同到什麼程度，她還想不出，因為那是她腦子以外的事。這時她很得意，她只說一句話，小李腦中全是「田雞」的影子了。「田雞」會來嗎？「田雞」對她那樣重要嗎？是我介紹「田雞」和她相識，「田雞」會對不起朋友嗎？「我告訴你，『田雞』來不來，對我沒有影響。」她大聲說。

如果她再加上兩句：我只要你，我只愛你，你喜歡我嗎？那他會變成什麼樣子呢？他也會像「田雞」那樣認眞嗎？她說著玩是不要緊的，那就有戲好看了。現在「田雞」一心一意以為她離不開他了，顯得很開心，很神氣。她只要小指頭動一動，他就會跟著翻觔斗，男人就是那種樣子的。

他坐直身子，眼睛盯著她，像很詫異地說：「剛剛是妳自己說的呀，還有，妳天天來我這兒，是爲了什麼？」

「爲了什麼，」她捏著嗓子叫道。「我告訴你，是玩哪——」

他爲什麼要說那樣的話？多麼不懂情趣！他是在試探她了。到這兒來是爲了你呀，怎樣，聽起來舒服一點兒嗎？你問得太傻了，連我自己都不明白呢。別人是想好再做，我是做完才想的。她眞是爲了玩，才到這兒來的。家裡太沉悶、太寂寞，在這兒可以自由談天說笑，蹦蹦跳跳——

「我們來聽音樂吧！」她走近唱機旁，按下開關，再拉開書桌左邊的抽屜，抓起一疊唱片，揀好一張放在唱盤上，扭轉唱頭，讓屋中塞滿音樂。

小李坐在椅上，一動不動，她也不好意思盡在屋中鬧了。她也回到沙發上，靜靜地坐著。只坐了一會兒，便聳身隨著音樂節拍扭舞步。這是一支狂熱的舞曲，喜歡安靜的小李，也喜歡聽這熱門音樂？這確配合她的胃口，她扭著、舞著，兩臂做出划水的樣子，她覺得很開心，又恢復她自己的本能了。她說：「如果你也會跳就好了，我們可以盡情地跳——」一個迴旋，她看到他眼睛直直地盯著她，目光隨著她波動的手臂、軀體游移。在他的眼中，我是怎樣的一個人呢？他從不把感覺洩露出來。也許他很喜歡我的活潑、健美；說不定他認爲我輕狂浮躁，擾亂他的寧靜。過去沒有花心思，想去了解他對自己的看法。因為我不在乎別人的觀感，我是為了自己，才生活在這世界上的哩！

「來吧！我們一齊跳。」

「妳不知道我不會？」

「我告訴你，不要緊，我來教你。」她走近唱機，抓起唱頭，換了一闋音樂；再竄到小李前面，兩手抓著他的膀臂，拉起了他。

小李脹紅著臉。「不行，不行……」

「何必緊張，好玩嘛！」

她站在他對面，仰著頭嘻笑地看他。他比她高出半個頭，現在縮手縮腳地站著，像頂住一塊大石頭。她覺得他老實得很可笑，不像「田雞」或其他男孩子那樣輕鬆、活潑，討人喜歡；定要板起臉，皺著眉頭，獃望著她演獨腳戲。她要使這客廳，熱鬧生動，也要他跳跳蹦蹦，他就不會在「田雞」面前，說她瘋瘋癲癲、孩子氣太重了。

她和他並排站著，走動著說「一、二、三、四，一、二……」

小李皺著眉頭，不起勁地跨著步伐。

她突地衝到門前，關起門。門前橫著通道，她不願讓行人看到他們胡鬧。走回來，便搭起舞姿，抓著小李的臂膀，用力推他、拉他，在粗糙的水泥地上前進、後退。一支舞曲完了，她累得一身汗，但跳的興趣還很濃。平時跳舞，由男孩子帶她，現在她卻指揮小李。她喜歡做男孩子做的一切事。男孩子在社會上，受到很大優待，他們可以橫衝直撞，同樣的事，擱在女孩子頭上，就不能獲得諒解，人們對妳會有很壞的批評。這簡直太不公道了。

她走近唱機，換回原來那支曲子。小李卻連連地說：「不行啦，不行！要妳拖『黃包車』，像什麼話，我又不想跳——」

看到小李那種受委屈的樣子，又好氣、又好笑。這算是接近她的一個好機會。如果屋裡有另一個男人，準會纏住她；他始終是被別人冷落的呀！

「慢慢來，」她前後走動示範。「我告訴你：前進用腳跟，後退用腳尖，快的步子用腳掌。」她又抓著他，合著音樂節拍，說：「腳跟，腳跟，腳掌……」

他沒有按照她說的方法走，一會兒步伐便亂了；她還緊緊地拖著他。這樣玩很費勁，卻覺得很快樂。白天玩得身心疲倦，回家後，才能蜷縮在椅角，靜聽父親教訓。她眞不想回家，更怕和父親在一起。父親見了她，總是批評這、批評那，一會兒說她的頭髮樣子怪，一會兒又說她衣服的花色太豔。父親要她站得穩、坐得直。打個呵欠，父親也嫌她不莊重。新奇、熱鬧的書、刺激夠味的電影都不准她看。不准她獨個兒出門，更不准她和男孩子在一起——爸爸把我當瓷人兒看待啦！可是我有心，我有腦，我有思想，他管得著？他不准做或是禁止做的事，我全做了，他又怎麼樣？爸爸作夢也沒想到，我現在和小李，一個我不喜歡的男人，蹦蹦跳跳。應該這樣、不准那樣的話全扔還給他了。這代表我的反抗精神——反抗什麼呢？一天，我抱著大肚皮回家了，進門便說，爸爸，我有孕了，但小孩沒有父親。爸爸猛拍著桌子，桌上的茶杯，跳起三尺高。媽媽手中的《聖經》，跌落在地上，顫巍巍地走近我，流著淚說，孩子……於是，我便苦笑著說，是你們管的，怎麼樣，已太遲了，這就是無言的反抗……「噢——」她嚷了起來。

小李踩了她的腳，好痛啊！她的腳又踏著他的鞋尖。這算是哪門子的跳舞啊！「很抱歉！」小李說，掙開了她的掌握。「我再不和妳瞎跳了。」

她不願回答，仍獨自扭舞。曲子完了，接著是一支快步的圓舞曲。她隨著節拍急速地滑動，想趕走雜亂的意念。她心中感到很煩、很悶。屋中的門窗都關閉了，沒有空氣。有四塊斜方的陽光，從門上的玻璃鑽進，靜躺在地上，黃得發白。這就是她整個的世界。爲什麼「田雞」還不來呢？他來了，可以和他去她喜歡的地方，像這樣演「獨腳戲」，她眞受不了。

「小江，妳不能安靜一會兒嗎？」

她突地愣了一下。這句話很刺耳，是太熟悉了，妳不能安靜一會兒嗎？我們有教養的家庭，怎會生出妳這個女兒！妳媽媽不管妳，我就得管——我到妳曹叔叔、汪叔叔家去，他們家的孩子都很規矩、都很文靜。我們是幾世作的孽，有妳這壞種……妳不能安靜一會兒嗎？妳要把妹妹帶壞了，跳呀，叫呀，哪裡像個女孩。妳妹妹就不像妳這樣賤……妳不能安靜一會兒嗎？等妳爸爸回來，就要告訴他捶妳……這已變成爸爸媽媽的口頭禪了。現在小李也是這樣說。如果她能安靜，還會跑到這兒來？她家裡有客廳、有沙發、有音響、唱機……什麼都有，就是沒有生氣，沒有男人——男人是不包括父親和弟弟在內的。父親也知道這一點，所以當父親在家，而她必須找藉口出去時，父親便說：「妳在家裡關了一天，要到街上讓男人看看妳嗎？」是的，我有那個意思，但只能隱隱約約地想，或是連想都感到難爲情；經父親說出口，我就確認有那種動機了。父親在大學裡教哲學，他說他把人生和人性都看得很透徹。他是他，我是我，我還不知道什麼叫人生呢？女人當然需要男人，但這話從父親口中說出來，未免太刻薄了。他說吧，我只有默默地忍受，我會打出天下來的。我有本錢，我有財富；我的財富就是感情，會施與所有男人。我站在一個高高的台上，四面千千萬萬人歡呼我的聲音被淹沒了人群裡伸出無數的手有港幣美鈔更多像落葉捲下來一隻兩隻三隻洋喇叭唏唏嘡嘡套在自己金鋼鑽項鍊上，我愛妳嫁給我吧我有遊艇汽車王宮妳像賭國王妃旗袍下襬捲起來高跟鞋甩了一隻洋喇叭黑鼓捶圍著頭頸亂轉圈兒到處都是男人報紙上照片斗大的名字我成功了萬歲爸爸說我看錯妳了，她莊重地一步步走下台，一、二、三……

屋中突地靜下來，她又愣了一下，哦——小李把唱機關了。她輕噓了一口逼緊的氣，全身懶洋洋的，已不想走動了。

「來吧，坐下！」小李兩手向前一伸說：「我們談談——」

她一步、一步地向小李身旁走去，腦中空空的什麼都沒有，趁勢橫坐在小李的膝上，左臂繞著他的頸子，熱烈地吻他，吻他。霎那間，她蹦跳起來，面對著脹紅臉的小李，看了一分鐘或是半分鐘，然後結結巴巴說：「我告訴你，你嘴巴閉得好緊。我跟你開玩笑，你不介意吧？」

「唔，唔——不，不介意。」

她覺得很不高興，但並不是後悔。她也體會不出，這是什麼感覺。她轉了一個身，便歪倒在小李身旁的另一張沙發上。

「妳一定累了，休息休息吧！」小李機械地站起身，說：「我給妳倒杯水。」

小李從牆角落的三角木架上，取下熱水瓶和玻璃杯。倒了半杯水，放回熱水瓶；再端著杯子，輕輕放在茶几上。

小江半躺在沙發上。她已脫掉黑底大紅方格的外套了，純白的短袖套頭毛衣，猩紅的緊身窄裙。眼瞼微微閉著。他看到氣息在她軀體上有節奏地波動。

她沒有理他的意思，他怎麼辦呢？還是緊挨在她身旁坐下嗎？她很大方，應該說是很隨便，他就不能像她那樣隨便了。他眞有點怕她，她今天和平時不大一樣呢！平時她也逗他，和他開玩笑；但玩笑開得沒有今天這麼大。這算表示什麼呢？不論她說些什麼、做些什麼，他都不會認眞的；他是正人君子，總要和人保持一段距離。現在他只好在屋中踱方步了，這正可以說明，他不會把一點小事兒，顯得大驚小怪。他還和平時一樣悠閒自在哩！但他是主人，能讓她冷落在一旁嗎？她來了以後，他說了不少使她掃興的話，所以她才這樣……這不合邏輯，他想。他自己今天一定有些什麼動作和以往不同，小江才誤會了他，他究竟有哪些地方不對呢？

「啊，妳眞漂亮！」他說，「這樣美的小姐，可惜——」

「可惜什麼？」她噓了一口氣，睜開左眼問。

他搖頭，對著她笑，在屋中踱來踱去。他很後悔把話說冒失了。可惜什麼呢？可惜她沒有思想，沒有靈魂——甚至他覺得像「思想」、「靈魂」這些字眼，根本就不能和她排在一起。第一次見面，他就看清她。他常說，是朋友害他，才介紹她給他認識。小江跟他的朋友學鋼琴，他朋友見他三十歲了，還沒有一個女友，就帶小江來見他，要他們時常在一起玩，學一點應付女孩子的經驗。誰知竟害了他，從此以後，他就得不到寧靜了。這時他才明白，小江不是學彈琴，而是趁著父親上班的機會，找一個地方消遣。

她怎肯花腦筋讀譜，靜坐幾個小時去練指法？頂多她是爲了學得一種玩藝，做自己的裝飾品，現在恐怕也不會去練琴了。他一直很拘謹，但在她的面前，就不得不收起一些尊嚴。她喊他做小李，也要他喊她做小江，因她嫌「先生」、「小姐」的稱呼太肉麻。夏松戴近視眼鏡，她就喊他做「田雞」。「田雞」是他的朋友，和她談上半個小時，熟悉得便像多年的老朋友了。他有什麼辦法呢？他看著他們在他面前說說笑笑、打打鬧鬧。有時他們三人一道玩，但多半是「田雞」陪她出去。他覺得「田雞」和她剛好是一對，他們都是把一切看得不在乎的人。「田雞」常對他說，你呀，不要做傻瓜了，女人就是女人，看透了，就一文錢不值了。但他看不透，要一切循規蹈矩。他看不慣小江的動作，他不喜歡她，甚至還恨她擾亂他的生活。但她是女人，而他是男人——一個渴慕異性的男人，能對她有什麼辦法呢。

「我告訴你，你這人眞不乾脆！」她把頭一仰，眼珠一轉，身上凸出的部分跟著顫動起來。「你說呀，怎麼只說半句？」

他看她有氣惱的樣子，連忙掉轉話題說：「噢——可惜妳父親，管妳太嚴；不然哪，妳會很有前途！」他把「前途」兩個字，說得特別響。如她聽懂那意思，一定會生氣。但她不會懂的，她料不到他對她的看法。

「當然我有前途。」她說：「我會唱歌，我會跳舞，我會打牌，我會爬山，我會拉小提琴——我什麼都會。」

她很自負呢！她不會聽懂他的話。「妳會騎馬？」

「會。」

「駕駛汽車？」

「當——然會。」

「噢——妳當電影明星的條件夠了，年輕、漂亮、多才多藝……」他對自己說得出這些違背良心的話，感到驚訝。在以前，他是不會當面恭維女孩子的，更不會對小江這樣說。但現在他說了，而小江感到很得意，她是多麼幼稚和可憐哪！她就想不到他是在揶揄她嗎？「妳父親爲什麼要管妳呢？妳太受委屈了。」

許是觸到她的心懷了，她又跳起身，在屋中晃盪。他倚在門後，兩手反撐門板靜靜看著她。她全身衣服都裹得很緊，他覺得她透氣都有困難。窄裙左邊叉口，撕裂了半寸；又白又嫩的肌肉，映在紅裙下，有著耀眼的亮光。她是不能靜坐五分鐘的。在她父親眼前，也如此浮躁和不安嗎？父親的管教，一點兒都沒有生效哩。如她父親不嚴管，還不知她會變成怎樣的一個人……？

「我爸爸快要管不到我了，你看，」她說，舉起右手指著淺藍窗牖旁的日曆。「現在是三月，再過三個月，我就滿二十歲，整個世界都是我的了。」

眞會發生那樣的事嗎？他倒要瞧瞧她哩！她現在就眼巴巴地盼望著日子早點消逝，急著去創造天下了。她獻出了青春，獻出了美貌，換得眼前的榮華富貴。別人說是玩弄了她，而她卻認爲自己是整個宇宙的主宰……人們的觀點是如何地不同啊！

「那麼，妳還有一件事兒不會。」他說。她停止了腳步，扭轉脖頸，詫異地看他，問：「什麼事？哦——是啊，我不會讀書。那一點兒辦法都沒有。我看到書就頭痛，就想睡覺。高中好容易念完，大學就再也考不取了。我才不要念書呢！書念了有什麼用？學問能値多少錢一斤？」

「不，不是，不是讀書。」他急搖著雙手道。「妳要書本有什麼用，我說的是另外一件事。」

「究竟是什麼事？眞急人！你說呀，不要呑呑吐吐的。」

「我不能說，說了妳會罵我的。」他眞感到爲難起來。今天的話特別多，我將怎樣說出自己想說的話呢？難道就說，妳不會任性到獻出妳的肉體——話還沒說完，她的巴掌將會飛在自己的面頰上。她是一個潑辣的女人，會有很粗野的動作。儘管她今天、明天就要去做，或是昨天已經做過了，但她不會讓別人來講。我把話說了半句，暗地諷刺她，她是不會懂的。她現在還以爲我是一心一意愛她、崇拜她哩！她很淺薄，什麼事都知道一點兒，便認爲用青春和美貌，可以運轉整個地球。天下的事，眞會那麼簡單嗎？

她的軀殼，就是她全部的賭注。用她整個賭注，做代價未必能贏回地球角落的一個小石塊呢！

「假使妳眞想知道，妳問『田雞』，『田雞』會告訴妳。」他補充地說。

「田雞」和她說話很隨便，再難聽的話，從「田雞」口中說出，也變得自然了。

她面對他站著，兩臂絞架在胸前。「你何必那麼神祕！我明白了。」她輕蔑地說：「那種事，我也會。不過，我要看看當時的需要——看看是怎樣的人。我告訴你，別人能做，我爲什麼就不能——」

他還希望她再說下去，但她頓住口，上下地打量他，像研究他是不是她所要的那種男人。她眞聰明，她眞大膽，那樣的事，她會猜中，會從她口中輕飄飄地說出。他自己的臉，有點發燙，是害臊還是自己心虛，他說不出。後退兩步，倒在小江剛坐過的那張沙發上。他覺得脊背下，還是有絲絲暖氣浸潤他。這是小江身上的體溫，他吸氣便可以嗅到她肌膚的香味。此刻，她就在眼前，我伸手就可以攫住她。爲什麼我不能得到她呢？我需要她嗎？這裡只有她，還有我，答應條件，她就是我的。起碼，能控制的時間內，是我的。拿什麼和她交換？如我父親有錢，便向他要，一百、二百、三百萬……做一個製片家。然後，昂著頭，對她說，來吧！小江。春情如火，女主角，要演嗎？演的，鑽在懷內，摸著我的面頰，迅速的，擰我耳垂，吃吃地笑，要啊，我要，我要。然後，我抱起她，緊緊地……可是，沒有，他什麼都沒有。沒有父親，十五歲，父親死了，母親要他十八歲結婚，但他還是念完大學。母親急著娶媳婦，東請人說媒，西找人介紹，他都不要，他不喜歡她們。母親不了解他，姊姊也不了解他，母親生氣，不管他，住到女兒家去了。誰都不了解他，唯有自己了解自己——不對，他有時候，自己也不了解自己。小江把我當傻瓜看哩，她逗我，耍我，抱起來吻我，她知道我不會……她站在我面前，挑釁地看我，眼睛裡有股什麼力量啊？不知道。我爲什麼不能吻她、擁抱她，這屋裡只有我，我不能，她會怪我、罵我，說我輕狂、下流——她自己呢？但我不喜歡她，討厭她啊……

「我才不在乎哩！」小江說。她大概很無聊，又戴起墨綠色太陽鏡。「你看，我戴起來好看嗎？」

「唔——」他放鬆急迫的呼吸，噓氣應著。

小江像沒有看到他不安的表情，自顧自說：「戴起眼鏡看世界，就是漆黑一團。大家都如此！我要比大家特別些！我想到自己有一天會後悔的，後悔就讓它後悔吧！我絕不放棄現在，可能我永遠不會後悔……」

「篤……篤……」

敲門聲打斷小江的話，她用迴旋的舞姿急速轉身。他覺得屋中的氣流，也隨著她的身影波動激盪。他突地有種失去什麼的感覺，他才知道自己不希望有別人進來擾亂這場面；他很留戀單獨和她相伴的氣氛。現在，他看到她充滿熱和力的胴體，可以嗅到她的髮香、肌香，伸手就可以摸到她……我爲什麼得不到她。如果失去她呢？我總是強迫自己，鄙棄她，輕視她，硬告訴自己不喜歡她。你眞的不喜歡她嗎？都是你的自卑，反認爲她是一個隨便的、任性的女人。她眞是一個變化無常的女孩嗎？會熱得像炭、冷得像冰嗎？她高興時向你招手，眨眨眼就一腳把你踢開嗎？我在她眼內，永遠不會存在；「田雞」來了，她更不把我放在心上。爲什麼她要吻我、擁抱我呢？耳中的音樂響了，不是庸俗的舞曲，是舒伯特的「未完成交響曲」。多麼繁囂啊！小江的臂、腿、軀體是實在的，但他沒有抓住，一點點地消逝了、遠了……小江已拔開門閂，「田雞」跟著進來了。這時，他倏地想起，在小江初進來時，他準備告訴她，「田雞」不是好人，和他在一起時，應該要當心他。我爲什麼想告訴她那樣的話？討好嗎？嫉妒嗎？「田雞」是多年的老朋友，認識小江還不到四個月哩！就爲了她是女人嗎？爲了女人，可以出賣朋友？笑話！「田雞」不是好人，我就是好人嗎？我沒有表現出來啊！我不會、我不敢表現，我多麼渴望得到她、占有她啊！但我很莊嚴地坐在這裡，只拿眼睛瞪著她，她不會察覺我的目光像野獸？我是正人君子，我看不慣她，她更看不慣我；太痛苦了。是夢幻吧？她等著王子哩！我是王子嗎？不是。「田雞」是的。差得遠呢！我要告訴她，我愛妳。吻她，和她跳舞，妳喜歡我嗎……

沒有辦法了，「田雞」已進來了。他抓著小江的雙手，繞著轉了一圈，伸長頸子，盯住她瞧，嘻笑地說：「眞美，眞漂亮！新眼鏡，又是偷爸爸錢買的？」

小江掙脫了右手，高高揚起，卻輕輕打了「田雞」一拳。「你這張賊嘴，一定你是偷慣了錢！」

「怎麼？是妳自己說的呀！」「田雞」仍笑著說：「在學校裡，考試妳偷看書，下午，偷出校門和太保跳舞。平時在家裡，瞞著父親偷偷出來玩，偷爸爸皮夾內的錢。偷偷地出門，偷偷地回家，都快出嫁了，還要偷——偷什麼……？」

「田雞」邊說邊跑，小江在後面追逐。她喘息地說：「告訴你，你胡說八道，我可要生氣喲！」

他們鬧著，嘻笑著。小李仍坐在沙發上，靜靜看著他們。他有點氣惱，他爲什麼不能參加他們一道呢？他是被他們冷落了。小江是驕傲的女人，不把我放在眼裡；然而「田雞」是我的朋友啊，他爲什麼也忽視我的存在？我是這屋子的主人，我可以板起面孔說，我不喜歡你們，你們滾吧！永遠不要走進這個門。那麼，他們會怎樣說呢？他們一定以爲我瘋了。小江走出門口，就用小肘擣「田雞」一下，說：小李是不是有神經病，你爲什麼和有神經病的人做朋友？多可怕呀，我還時常單獨和他在一起呢，他不會殺死我嗎？小江當然不會把吻我的事告訴「田雞」。單獨和他在一起呢，他不會殺死我嗎？小江當然不會把吻我的事告訴「田雞」。「田雞」把她擁在懷內，說：不用談了，我們走吧！以後不再來了……但他現在靜坐在這兒，微笑地看著他們。

小李抓起茶几上淺黃玻璃杯，裡面的開水，小江一口都沒喝，有點涼了。他喝了滿滿一大口。小江抓著「田雞」的膀子，「田雞」左手摟著她的腰，他們嘻嘻哈哈地笑著。突然，憤怒從心底捲起，他有一種衝動，要上前揍「田雞」幾拳。這是妒忌吧！爲什麼混身的血向頸子上衝？他右手緊握著茶杯，茶杯會爆破的，破吧，讓它破碎吧！我爲什麼不用茶杯砸在他的頭上、臉上？讓他那近視眼鏡的玻璃片，割破他的眼珠，這樣，他該認識我了吧？但是，「田雞」有什麼過錯呢？他一再對「田雞」說，他不喜歡小江，討厭小江，他對小江沒有野心。你要她，你就拿去吧！如果現在他再對「田雞」說，我需要小江，你放手吧！你玩過不少女人，就不能把小江讓給我嗎？「田雞」是我的朋友，一定會答應的，爲什麼你要妒忌別人呢？你不是不喜歡她嗎？我的天哪……你是怎麼樣的一個傻瓜啊……他全身一陣顫慄，手一滑，玻璃杯砸在水泥地上。玻璃碎片和水點，向四處飛濺……

「怎麼？」「田雞」放了小江，走近他笑嘻嘻地說：「你發脾氣？」

「別胡扯了！」他站起來，向前跨了一步，再蹲下去撿拾碎玻璃片，也嘻笑著說：

「喝水太猛，水珠順著頸子流，癢癢的好難過，心一慌，杯子就掉了。」

他打開書桌中間的抽屜，抽出了一個牛皮紙袋，把玻璃片放進去，然後擱在牆角，一切又恢復原狀了，只有水浸溼著地面，慢慢擴大。

他坐在原處，小李和他並排坐著，小江坐在書桌旁的高背籐椅上。屋中突然寂靜下來。

小江抹下眼鏡，抓著鏡架轉圈兒。她說：「『田雞』，我問你，爲什麼到現在才來？」

「田雞」說：「有事啊，人家哪能都像妳，成天玩兒沒事做！」

「什麼鬼事，誰相信？」小江說：「你什麼時候帶我去跳茶舞呀？」

「快了。」

「你呀，成天廢話。」她張開嘴，門牙輕咬鏡腳。「快了，快了，三個月快過去了。一點兒不守信用！」

「田雞」瞇著眼，對她笑。他不想回答。爲什麼要帶她去跳茶舞？進舞廳，買門票的錢還沒有呢！她以爲他喜歡和她在一起玩，不時地要他做這、做那；但天知道他是怎樣的想法。他就要告訴她：去吧！不要耍我了，我已看穿妳了。妳爲了寂寞，需要人陪伴妳；那人是張三，是李四，妳都不在乎。男人都會像小李那樣善良嗎？我就是個壞蛋：地痞、流氓……不能吃一點兒虧，我要爲小李報復。妳吃小李的、用小李的，還說小李壞話，小李沒有虧待妳啊！昨兒個晚上，如果她不走，是好機會。他快占有她了……得手後，他就說：去吧！回到妳那死鬼父親身旁吧！我不要妳。但她半途走了，一直沒來，讓他好等啊！

「怎麼？」「田雞」冷冷地說：「昨天，誰沒信用？」

「那能怪我？」她跳起來，用左腳跟轉了一圈，急速地說：「我要趕緊回家，跟媽媽掛個號，媽媽會幫我騙爸爸。誰知坐在三輪車上，就碰到爸爸。他騎自行車回家，見我坐在車上，要我下車走路，還罵了我一頓。說我年紀輕輕，就偷懶，不准我坐三輪車。我有理也講不清了。他看著我回家，還找得到藉口出來嗎？如果不是爸爸管我，我才不窩在家裡呢。」

不錯，她說得頭頭是道，像眞的一樣。誰知道是眞的，還是假的！她說謊的本領，一直很好哩！有時，她和我在一起玩，會騙小李，說是爸爸管得太嚴不能出來。她對小李說話時，還掉轉頭，對我作會心的微笑。實際上，她是用不著騙小李的，小李一點兒都不喜歡她。現在，連她到這兒來，小李也很討厭，說她擾亂他的寧靜，小李眞的不喜歡她嗎？她和他很相配哩！小李有學問、有房產、有好職業，女人都願意嫁那種男人的。可是，我呢！送過報紙，做過苦力，睡過火車站走廊，現在是話劇團的三流演員，除了身體和一副近視眼鏡，就什麼都沒有了。然而，小江喜歡我。她喜歡我，並不嫁給我，是利用我，認識導演、演出人，然後就一步一步地，爬過我的頭。她不會唱、不會演，戲也懂得很少，但她有青春、有美貌、有大腿……觀衆大半是色情狂，沒有耳朵——他才不給她利用呢！一天，他們的劇團參加一個早場同樂會演出。他介紹她去客串了一個獨唱節目。她唱了，唱得不好，像用銅片刮瓦罐。但她的膽子很大，跳呀扭呀，連拋飛吻……觀衆騷動了，熱狂了……她談起來，總沉湎在那歡呼聲裡。但他再不給她機會了，她也明白他的意思。她自信她過了二十歲，機會就會滾滾而來。她可以做交際花、咖啡女郎，到下等歌場裡，去唱流行歌曲。她不在乎我的介紹，她很輕視我哩！那麼，她和我在一起一定以爲是一種恩惠了。她不是常說嗎：我爸爸是大學教授，媽媽以前是大學裡的校花，我家是書香門弟，是世家，你呢……？我是一個流浪漢。但我瞧不起妳，世家、門第……像隕星那樣墜落吧！我瞧不起所有的人，包括小李，爲什麼你有輕閒的、寫意的生活。你缺少愛情，缺少女人。我要在你面前，硬把小江搶走，你是一個儒夫……你看著我吧！

「現在，妳願意去嗎？」他說。

「哦——太遲了。」她抬起左臂錶腕，驚叫道：「快五點了，還要去？我五點半要到家，爸爸是六點下班，我得提前回去，你知道的。你今兒爲什麼來得這樣遲，是因爲昨晚的事生氣嗎？」

「不是。」他答。又轉過臉去問小李：「你有錢嗎？」

「有，有。」小李連連地說，接著就摸長褲後面口袋，掏出一小疊鈔票，擎在手裡顛著，問：「夠了嗎？」

「田雞」接著錢，沒有數，看樣子，三百塊左右。錢塞進上衣插袋時，覺得小江正睜大眼睛看他。他說：「今晚吃飯的問題解決了！」

小江說：「你眞會開玩笑，你眞的很窮嗎？」

他冷笑笑，聳聳肩，她太淺薄了。世上有許多事，她根本不知道哩！他爲什麼鬧窮，一個月中倒有二十八天和她玩在一起。她是女人，女人帶著大皮包，可以不帶錢。他得付車錢、飯錢、門票錢……他不知向小李拿過多少次錢了，但從沒還過小李。那是背著她拿的，今天當面伸手拿錢，她就感到驚訝了。他們和小李在一起，總是小李付錢，小李眞是好人。好人會得到好報嗎？我還恨他，要報復他——這是從何說起呢？

他感到微微不安，心像被人掐了一下，突地站了起來，走到小江身旁。小江正抓著那本電影雜誌，一頁頁地翻著，再指著畫中的一個女人問：「你喜歡她嗎？」

「不喜歡。」

她又翻開一頁，一個穿泳裝充滿性感的女人，半躺在沙灘上。她指著問：「喜歡嗎？」

「不喜歡！」

「爲什麼？」她說。

「怎麼！」他大聲嚷起來。「爲什麼我一定要喜歡她們？男人沒有女人，就不能生活了嗎？妳非要知道理由不可嗎？讓我來告訴妳，因爲她們是電影明星，摸不到、抓不到，憑什麼要喜歡她們！」

「你呀，就會用歪心，胡想！」小江截斷他的話。「我是說，你是不是喜歡她們的演技，並不是要你愛她、娶她——」

「演技！」「田雞」大笑起來，「妳以爲揑著嗓子唱，裝腔作勢地哭，擠著眼皮的笑，就算是演技？演技的票，多少錢一張啊？哈哈……。」

小江使性摔掉雜誌，像很生氣地說：「你怎麼攪的，瘋瘋癲癲。今天，我眞倒楣！」

雜誌飛在小李的沙發旁。小李彎腰抓起來，翻著說：「不要緊。他不喜歡，有我呢！我全喜歡！妳看：我喜歡她的斜眼媚笑，我喜歡這一個女人的胸脯……」

好啊！小李也抛開嚴肅，把僞君子的面罩剝下了。「田雞」驚奇地、得意地看著他，他怎會變得這樣快！這轉變是好，還是壞呢？在別人心目中，我是一個壞蛋，小李將和我是同類了。小江說我瘋瘋癲癲，因爲我說了眞話。說眞話的人，就無法在社會生存嗎？實際上，這屋中三個人，都是瘋子。明知道誰也不需要誰，但都裝得像缺少了對方，就活不下去似的。眞是何苦呢。我馬上要告訴小江，我走了，妳將永遠見不到我。因爲妳不愛我，妳不愛任何人。因爲我不愛妳，我不愛任何人；也沒有任何人愛我……那不是眞的，他忽地覺得心底冒起一星火花。有人愛他，有人用全心靈來愛他。但他瞧不起愛情，因他輕視、賤視那個愛他的人。那是他的母親，再嫁的母親。他八歲時，父親死了。十歲就跟著母親到後父家去。後父打他、罵他、諷刺他，母親爲他陪了多少小心，受了多少冤枉氣，他才念完初中，接著他就負氣出走，自己創造天下。他靠著自己的手和腦，才慢慢在人群中站穩。後父死了，母親又孤獨了，要回到他的身畔。但他恨她，不要她。小江、小李，都有一個高貴的家庭，而他的母親，卻帶來了許多創痛、恥辱。他決心不去看她，也不接她回來。他對別人說，我媽媽死了，她死的時候，我還不記得她是什麼樣子！可是，今天她回來了，回到他住的地方。她要爲他燒飯，洗衣服，整理房子。她不要他供養，她可以出去做工，幫傭，只要晚上回來，看著他吃，看著他睡，她就心滿意足了。然而，他不要她，和她爭執了半天，才到這兒來。他爲什麼要她照顧呢，他自己照顧自己快到三十歲了。啊！母親今年已五十四，需要別人照顧她了。

小江討厭父母，小李的母親呢？眞是母親的過錯嗎？爲什麼我要恨母親、恨別人？小李關心我，從不使我受委屈——青蛙吐出粉紅色雲塊，冒煙的火車頭叫了……小江愛我嗎？什麼！我回到母親身旁？這是台詞嘛——新藝綜合體電影……

「怎麼樣，我們走吧！」小江抓起皮包，戴起眼鏡，把大方格的外套，搭在左臂上大聲地說。

「田雞」歪著頭問：「妳和誰去啊？」

「夠了，夠了！」她說，顯得不耐煩。「我告訴你，別演戲了。你不是剛說去跳茶舞嗎？」

「妳說遲了，不願去。我也不去了。」「田雞」慢吞吞地說：「我還有事，急著要去辦呢！」

她走到小李身旁，把小李拖得站起來。「你來評評理，是誰不守信用？」

小李兩手向前一攤，做出無可奈何的樣子說：「你們的事，我不明白；我自己的事，我還管不了呢！」

小江看看小李再看看「田雞」，然後搖著頭：「今天下午怎麼辦？眞倒楣，白白糟蹋了。」

「那太好了，」田雞接著說：「妳可以去逛大街，爲了引起人們注意，妳可以撕去衣服，大喊大叫——」

「你眞瘋了！」小江搶著大吼，掉轉身向門外走。

「別急著走！」小李搶在她面前，兩手捧著那本花花綠綠的雜誌，遞在她眼前。

「妳忘了這本《電影世界》！」

她把雜誌塞在胸口，匆匆地走了。

他回轉身，「田雞」問他：「你不要和她一道去？」

「不要，」小李說：「我早跟你說過，我討厭她，不喜歡她——怎麼，你流眼淚，身體不舒服嗎？」

「沒有——不是。」田雞低聲說：「我要回去了，家中有人等我哩！」

小李看著「田雞」的背影在牆角消失。金黃的陽光，迷住他的眼睛，他覺得「田雞」從沒有像今天這樣頹喪過，他不知道「田雞」爲什麼突地變了。

他關起了門，陰影加重了，他覺得很無聊。順手打開唱機，那是一支剛放過的圓舞曲。他雖合不起拍子，仍在屋中舞蹈起來……

審判

原告㈠

俺是個粗人，不改名，不換姓，人人管俺叫「沖天泡」。俺喜歡有一句說一句，實際上俺叫胡德彪。

地攤擺在岔路口，賣的東西不少，有玩具、化妝品、尼龍絲襪、鋼索、老虎鉗、刀刀叉叉，應有盡有。

俺靠天吃飯。天晴，逛街的人多，買賣就好。今兒晚上，天老爺不幫忙，一直飄毛毛雨，路溼漉漉的，誰還有興趣逛街？心底裡打主意收攤子。唱獨腳戲的人不是味道，早上吃飽了出來，午飯吃冷的、剩的。餓著肚皮回家，再燒夜飯。

不錯，是正牌的王老五，有苦也有樂。生意好，賺錢多，來碗牛肉麵，還要兩杯老酒。此刻冷颼颼的，又是風，又是雨，凍得直打哆嗦。想捲起攤子去小飯館，偏不巧就來了那個蓬頭鬼。

就是坐在門邊的那傢伙，紅紅的臉像關公，走路歪歪斜斜像喝了兩三甕黃湯，眞擔心打翻了攤子上的瓷器和容易打碎的瓶瓶罐罐。可沒料到他不知道好壞，一句話沒說，就像拿自箇兒東西似的，抓起一把刀。

那把刀可嚇壞了人。兩面口，又尖、又利，還白花花地發亮。俺平時拿刀都特別仔細，那傢伙卻當兒戲，抓在手裡亂揮亂舞。

俺是主人，不能不提醒他：「當心，刀口很快，不是玩兒的。要買吧？」

確是「狗嘴吐不出象牙」，他居然發起熊脾氣，嗓門兒足足比俺粗十倍：「你的狗眼也沒瞎，瞧瞧我這癩皮豹，想拿東西，還要花錢買！」

細瞧他的腮幫子，眞有一片片浮皮翹起像魚鱗，鱗尖上露紅光，諒必是老酒的後勁很足，附帶地沖渾了腦漿。

「小子，你別開口傷人。」俺也火了，肚臍眼下的氣往上升。「管你是哪個山上的癩皮豹、脫毛虎。買東西要付錢，不買就乖乖地把刀子丟下。」

俺的個子高，力氣壯，做這生意，不得不學幾句狠話，撐撐門面。膽小的，瞧瞧俺這架式，準會拔腿就溜。沒想到那小子，屙屎屙掉膽，在大街上，人頭鬧嚷嚷地要無賴，不怕人多，不顧國法，掉轉刀尖，戳向俺的腦門，不是俺閃得快，腦袋瓜準會開花。

攤子有的是長刀，還有鐵柄銅叉，心一橫，想抓起武器，給這小子一頓教訓。退一步，轉個身，便覺得一把刀子能值幾何，動刀動槍鬧出了人命可不是玩兒的。

唔，活了這大把年紀，四十出頭了，就是能退一步思量，比毛頭小伙子可貴，能忍讓，能憋住氣。再說，好漢不吃眼前虧，爲了那把刀子把命送掉，才眞不划算哩。

從路邊退到陽溝，再跨上走廊，那隻瘋狗，還擎起亮滑滑的尖刀，跟在後面窮追。

那位司機先生從頭到尾，瞪住那個瘋子搶劫俺的刀，俺牙縫裡沒迸半句謊話。

他是眞正的搶劫，一眼眼兒都錯不了。街上的路燈、霓虹燈、日光燈亮通通的，姓胡的刀子抓在手裡，還要對俺行凶，俺要控告他殺人罪。

「殺人未遂？」就這麼說吧！俺不認得法律，法律也不會侵犯俺。人證、物證俱全——一位司機先生、一把亮霍霍的刀子都在這兒，不怕他狡賴。

俺說的全是實話。無冤無仇，不會誣賴好人。耳不聾、眼不瞎，不會聽錯話，認錯對象。話說完了，要簽名打手印，馬上就做，絕不裝蒜。

責任完了，得回去喝兩杯壓壓驚。攤子由別人照顧，時間久了不放心，麻煩別人也說不過去。先要拾掇東西收攤子。

當然，俺不會喝得像瘋狗那樣醉醺醺地出來闖禍。酒是錢買的，這年頭錢不好賺，只有錢才最可靠、最有人情味，怎麼能亂花血汗錢。

嫌囉嗦嗎，俺這就閉緊嘴巴不吭聲。聽聽別人怎麼說，俺好學學乖。

楣算是倒定了。吃了虧，賠了本，生意不能做，還要耐心等候。不走，就不走，俺要聽瘋狗怎樣爲自己辯護。

原告㈡

駕著空車，在馬路上兜圈子，心裡雖急，但還要裝得輕輕鬆鬆，不放過每一個招呼的乘客。我們「飛虎車行」的老闆，算盤打得滴溜溜響。晚上回家交帳，數目不夠，便會指著我的鼻子說：「王大龍，不要偷懶，躲在車子裡睡覺！你曉得吧：排隊候用的司機一大群。你今兒晚上不幹，明兒早上就有人頂你的缺！」

實際上是天曉得，我和老闆三七拆帳。他行裡車子多，可能不在乎一部車子賺不賺錢；我家中每天開銷靠拆帳收入，怎敢睡覺？

老闆既然這樣小氣，再加上我手頭很緊，不得不冒險搭些客人。

雨下得不大不小，生意清淡得無法交帳，明兒家中也無法開銷。明明知道他們兩個是醉鬼，生意不可靠，還是讓他們爬上車。

蓬頭的那個客人，舌頭窩在嘴裡，話都說不清。看那樣子，穿灰夾克，卡其布西裝褲裹在兩條腿上像麻花，憑職業性眼光，看出他不是坐車的人，付不起車錢。瞧在那個禿頭的分上，我才願意踩油門。

禿頭先生穿西裝結領帶，鬍子刮得光光，肚皮挺得高高，像個有錢的大老闆。不知是醉糊塗了，還是從沒坐過汽車，居然打不開車門。

像這樣的事看慣了，不能笑。如果笑出聲，客人惱羞成怒，不付錢是小，捶你一頓，便有冤無處申了。

閒話不說，說正經的。兩個人爬上車半天，說不出要去的地方。幸好禿頭的西裝客比較清醒，用手指指方向。我順著他的意思，左彎右拐地才把他們送到這地方。

禿頭說：「到了！」蓬頭也說：「到了！」

誰都沒想到，車子一停，禿頭從右邊下車，蓬頭從左邊下車。

我握著駕駛盤大叫：「車錢呢？」

「不知道。」禿頭搖搖頭，擺擺手。

蓬頭做個滑稽樣子：「我也不知道。」

禿頭西裝客，愣在街翻了一會兒白眼，彷彿在回憶一個什麼問題。倏地手指癩皮大叫：「我請他吃飯，他說要請我坐車的。」

「你記得我說過？」

「你沒說，我怎會坐你的車？我並不認識你！你認識我嗎？」

「當然不認識。」

兩個醉鬼爭執了半天，說不出名堂來，我的車錢仍沒著落。

奇怪的是：他倆誰也不認識誰，怎會同坐一輛車？西裝客的嗓門兒大，聽起來好像有道理。但蓬頭也不肯讓步付車錢，倒轉來要向西裝客索債。

他們吵吵嚷嚷分開，不把我放在眼裡，像故意裝成鬧架似的白坐車。我回車行，老闆怎相信這檔子事，定以爲我是編故事，藉機揩油，明天就有預備司機駕我的車子。這是開除我的最佳理由。

我鎖好車，跳出司機座，便扭住西裝客跟在蓬頭後面。

蓬頭不是好人，更沒有好心。左彎右拐甩不掉我，便搶了一把刀子要對付我。

太陽底下哪會發生這樣的事？坐霸王車不付錢，還用刀尖對準我的腦袋：「快滾！不然，白刀子進，紅刀子出，叫你永遠不能在馬路上兜風！」

「我的車錢呢？」

「掛一筆帳，我要到錢，就送去車行。」

「可是，我不認識你，我也不知道你住的地方。」

「識相點。這是給你下台的面子話。你應該打聽打聽，這一帶誰不知道『癩皮豹』坐車向來不給錢。」

他的話還沒說完，就抓起刀子向我猛刺。我手無寸鐵，再想起空車子停在路旁，被別人偷走，豈不因小失大。家中有妻子兒女，怎能和酒鬼奪刀比武。

酒鬼不講理、不知廉恥，法律該管教他。

他有罪沒罪，我管不著。我只想收回車錢，再上馬路兜生意。即或是暫時沒錢也不用急，請發給一張證明，我好向老闆交帳。

不必誇獎。我安分守己，心地善良，不開快車，不違犯交通規則，靠本領賺錢，憑技術吃飯，想不到今天觔斗會栽在酒鬼身上。

說了不少廢話，耽誤很多寶貴時光，明兒家裡的菜錢還沒著落。肚裡的話說完，我好出去做生意了吧？現在我已認清他們的面孔，以後他們——包括所有醉鬼，都不准爬進我的車門。

等片刻，就只好等候。誤了半天的光陰，還在乎一點點時間。聽聽酒鬼的話，好明白他們腦子裡裝的是什麼鬼主意。

被告

大家都以為我醉糊塗了，但我是人醉心不醉。自己說的話、做的事，仍舊明明白白。

人們給我夏長江一個名號叫癩皮豹，我沒辦法，推不掉。我是道道地地的一個好人，就是貪喝幾杯老酒。

酒是從瓶裡倒在杯裡，再倒進喉嚨，能說犯法？想起今晚的酒，喝得可眞痛快。一杯又一杯，一瓶又一瓶。客人多，菜的味道好——這還不算稀奇。套一句電影的廣告術語：場面豪華。

是第一流的觀光飯店。高樓大廈，磨石子的地還打蠟。乘電梯，進房門，我們有兩桌客人，房間的地毯很厚，踏上去沒有聲音，軟軟地像踩在沙灘上那樣舒服。

不要聽這個，我就說點好笑的事讓你們開開胃。客人這麼多，主人全不認識，我們都是由一位介紹人拉去吃飯喝酒的。

沒有眼見、沒有親自到場，當然不會相信。就是我進了飯店，坐上桌，還是將信將疑。

介紹人是我的朋友「老水牛」。他會吹拍又講義氣，在黑社會裡是老大，前兒晚上，告訴我好消息，要我到觀光飯店吃飯。我以爲是他過生日，打算送禮物。他說：「不必費心，是別人作東，我只是代邀客人捧場。」

聽他的話風不對，我便想打退堂鼓，說不定是他打秋風，敲別人竹槓，要我們這班小弟兄幫他擺場面顯威風。這種傷天害理爲非作歹的事，我「癩皮豹」眞不願幹，連忙推辭。「很抱歉，剛好有事，我舅舅的姪兒的同學的叔叔，開一家很大的百貨公司，請明星、名人剪綵，要我去幫忙。你另請高明吧！」

「老水牛」頂不高興，尖起嘴罵我：「小子，別胡扯。莫說這八桿子打不著的親戚，要你去幫忙，可去可不去。就是有天大的事，我找到你，你敢說個『不』字？」

我搶著分辯：「你只是請吃飯，不是要我赴湯蹈火。當然可以去也可以不去。」

「小癩皮，不要傻吧！這是難得的機會。到大館子喝酒吃飯，吃完鬍子一抹，還有錢好拿。你怎能棄權？」

「主人發瘋了，是不是？」

「不是發瘋，但和發瘋差不多。」「老水牛」的厚手掌重重地往我肩膀一拍，像有無限的信任和了解。「去吧！見見場面；拿點錢回來零花。錯過機會，這輩子也許再碰不到——」

好，與本題無關的話少講。實際上，關係大得很，聽完我的話就會明瞭。

坐上桌面，「老水牛」舉酒杯站起，要大家敬壽星的酒，祝壽星的壽比山高。

除了主人外，所有的客人都是「老牛水」拉來的，當然接受指揮。一人敬壽星一大杯，接著大家便鬧開了，猜拳、「槓子老虎」……想盡方法灌不花錢的酒下肚。一隻隻空瓶，挨著牆根排隊。

房間裡冒煙，霧氣騰騰，每人身上的汗從油劑劑的皮膚滲出。客人很開心，「老水牛」更開心；說來說去最開心的還是老壽星。有這麼多人奉承他，祝福他，借他的酒敬他，笑得嘴咧開像尿壺，仰起脖子猛灌黃湯。

客人醉倒五六個，主人搖得像風擺柳，扶住桌椅、牆壁，才能直著脊梁，沒躺在地上。

精彩的在後面哩！付帳了，主人不曉得點鈔票，要「老水牛」幫忙。諒是超出預算了，「壽星」大概沒想到觀光飯店的一切，要比市面上值錢。老水牛摸遍壽星口袋，連幾角幾分的角子都掏出來還不夠付帳——我們這班客人像餓虎，說不準是吃得太多——最後把主人的一隻歐米茄手錶押在飯店，明天再去結帳。

大家嘔吐的嘔吐，謾罵的謾罵。有的嘻嘻哈哈，攙著、扶著、抱著……離開飯店。可是，我的酒雖醉、飯雖飽，錢沒拿到，就這樣怎肯走開？

纏住「老水牛」強迫兌「現」。他沒辦法，搔頭拍腦門，轉了兩個圈才說：「你跟主人去吧！他回家就會給你，他家裡是很有錢的。」

我轉臉看向主人，用目光徵詢意見，主人一定聽見我們的談話，沒有反對，那麼就表示願意付錢。但我爲了愼重起見，忙接著問主人：「你回家嗎？」

「不回家去哪裡？」

「我陪你，我送你，我們一道走。」

「好，很好。我沒有車錢，你請客？」

這的確是個難題，不送他回家，「老水牛」答應我的報酬拿不到。陪著主人就要貼車資。車資的數目小；收回報酬，再付車資，還是我合算。於是我們便攔了一輛計程車，雖然口袋空空的，但外表還是滿神氣，硬著脖頸，挺直脊梁，倚在車座上，很像那麼回事。

百分之百的正確，請我吃飯的主人，就是坐在桌旁的西裝客。我和他上了車，但他不領我到他家，到三岔路口便下車。

我眞後悔，當時沒向「老水牛」問清楚主人的門牌號碼。此刻他卻藉酒裝糊塗，一問三不知。

這下可糟透，「賠了夫人又折兵」。報酬沒拿到，還要賠老本。急於和「壽星」講理，那個司機不識相，纏牢不放鬆。如果「壽星」乘機潛逃，我向誰訴苦、要錢。

聽人說過，吃醉的人怕嚇唬：所以我就手抓尖刀，要他領我去他家。氣死人的事，一件又一件地發生。擺地攤的老頭，竟會說我搶他那把爛刀。這情況像一團無頭的絲線，愈抽愈亂。我是清清白白的人，卻受了這麼多無辜的委屈。如果不是「老水牛」請吃白酒，我怎會吃這大虧？

想到「老水牛」，便見那四四方方的身材、肥而短的手指、皺眉擠鼻的假笑，在眼前搖擺晃盪。我眞恨透了他，便舉起刀子向他身上猛戳。一刀又一刀，老水牛跟著尖刀舞踊。街上的店鋪扭扭捏捏，行人七顚八倒，柏油路面一下子變得很窄，霎時又彎彎曲曲——

你說我是醉了。天曉得，我眞沒醉。年紀輕輕，喝個十瓶、八瓶黃酒——我喝的不是白乾，也不是大麴——算得了什麼。現在我腦筋清清楚楚。那是司機，那是壽星，那是擺地攤的老頭，他是「老水牛」……

對啦，老水牛沒跟我們一道坐車，是出了飯店就溜去的壞蛋。我見面就要問他爲什麼要設陷阱害人，假使不是我能控制自己情感，弄出幾條人命，他該是罪魁禍首。

現在有沒有犯罪，我不知道。他們認爲我是搶劫、殺人未遂、坐霸王車……都是他們自己的理由，我的話已坦白陳述完畢，該怎麼處理就怎麼處理吧！

證人

眞丟人，我高日江的臉丟盡了。憑空要做什麼鬼生日、當什麼活壽星，竟惹來這麼多麻煩的事。

不埋怨自己能埋怨誰？好，我從頭說。

前兩天碰到「老水牛」，談起我最近做的生意，我確是很高興。我做的生意很特別，賣肥皀、皮箱、縫紉機。肥皀一箱箱買進來，再一塊塊賣出去。不知是我的店鋪地點適中，還是時來運轉，我的貨多起來，銀行存款的數字慢慢增加；然後店裡堆滿皮箱，一架一架縫紉機排列起來，像田徑比賽用的高欄。

這個小店最初是我一個人負責買賣，現在已僱用了男女三個店員，廚房裡有女傭。太太不洗衣燒飯，坐在櫃台內管帳。「老水牛」知道我全部底細，見我生意興隆，便向我慶賀。

他問：「你多大年紀了？」

「五十歲，不多不少。」

「五十大慶，該熱鬧一番。什麼時候？」

我隨便說說，想不到「老水牛」竟十分熱心，他要找二十個人聯合爲我祝壽，我準備酒席就行。

老水牛在世面上混得不錯，看過大江大海，門檻精、路道熟，他幫我找朋友、訂酒席，我怎好推辭？

大概他以爲我是百萬富翁，酒席定在我從未到過的飯店；請的二十位朋友高矮肥瘦不談，品德大概都和他相同。

不好說半句閒話，託人做事，就得相信別人。飯菜價錢貴，忍受；朋友酒量宏，佩服。七拼八湊把帳付清，身上還有一張公共鳥鳥立月汽車車票，準備坐大車子回家。

一位朋友夠意思，體諒我酒喝多了，還用小車子送我。這還像句話，沒有受壽禮，請大吃大喝一頓，到底贏回一點人情味。

離譜。事實不是那回事，不要車錢，要「出席費」。請你吃酒，不是開會；不受禮，已表示了慷慨；還要我花錢送出門，不幹。「老水牛」支使我花了很多錢，已經叫我心疼。那麼多人熱鬧了一番，現在只剩一個醉鬼在我身邊，我還要花冤枉錢？

我的錢雖積了不少，但不能任性拋棄。錢是個怪東西，喜歡往錢多的地方跑。我愛錢，錢才會來照顧我：如果我不好好愛惜，錢就不來找我，我就會太寂寞。

寂寞這個玩意兒眞難捉摸。我太太說，你賺了不少錢，就是沒有個朋友，不感到寂寞？

誰說我沒有朋友？我過五十歲生日。有二十個朋友，在第一流的飯店爲我祝壽。

不錯，我是受了太太的譏諷，才去找好朋友「老水牛」，想不到他會開我這樣大的玩笑。我怎麼可以把這個醉鬼帶回家，當著太太面付「出席費」？那不是等於告訴她：我拿錢買人出席爲我祝壽，她會認爲我更寂寞。

聽了我們的話，好像是我店裡賣的貨物，各不相干。大家說的還有些矛盾、衝突。那是公說公有理、婆說婆有理。至於幕後操縱的嫌疑犯「老水牛」，到不到場關係不大，他一定盡說些對自己有利的話。

您、他……連我在內，都是法官，就請根據訊問筆錄做個公平合理的審判吧！

天堂和地獄

她在街上數石頭。時代進步，石頭沒有了，每條街都是瀝青地面，有大大小小的窟窿。

余四巧打個呵欠，睡意仍濃。該回去躺在「榻榻米」上睡「回籠覺」，在大街小巷轉圈子，眞不是味道。

一大塊橢長烏雲，遮住紅通通的太陽，雲邊兒溢出光華，有如鑲著透明花邊。

她全部生活是灰濛濛的一片；今兒起個早來教堂，也想爲自己的生命鑲個花邊。前面就是進教堂的巷子，再不能退縮遲疑，滿街去數石頭了。

向前一步、一步，再一步，黑色圓頭高跟鞋踏到巷口，她又折轉身軀。信心和勇氣像輕煙般飄忽，抓不住，捏不牢。低頭緊盯圓鼓鼓的鞋尖，不看任何人，也不願任何人見到她。走在那兒的男男女女、老老少少，臂彎裡都挾有大大小小、厚厚薄薄的書本；

硬著膝蓋，挺起脊梁，眼睛直視前方，那種聖潔的不可侵犯的神色，眞把她給嚇住了。她是個罪人，怎能和他們走一條路。

發覺自己有罪，是在上個禮拜天。她在街上晃蕩，見十字路口，站著一個大男人，身上斜背五寸寬的白布帶，帶上寫有鮮紅的字跡：「有罪的人得救了！」

許是她腳步躊躇，觀望得太久，掛布帶的人，遞給她一張印滿紅字的紙條。她遲疑而又畏縮，不敢伸手，那人卻熱情地、虔誠地把紙條塞給她，充滿了信任和希望。接著又從左手厚厚的一疊紙中抽出一張，塞給另一個男人、另一個女人，再一個……把她和許多人同樣看待，絲毫沒有考慮到她的罪惡。

背布帶的人，不知道她有沒有罪惡；那鮮紅的字，可能是指的他自己，也假定是每一個行路的人，怎會想到她來的處所是那麼齷齪、下流而又無恥。

有這種想法，是在拿了那密密麻麻的紙條以後。紙條上印著「天堂和地獄」的標題，她突地覺得自己是生活在地獄。爲了幾個臭錢，不分晝夜，陪伴所有來找她的男人，肥瘦高矮，疤痲癩瞎，老闆娘一律不准拒絕。揀肥挑瘦，好絕，妳爲什麼不好好嫁個丈夫？也就是因爲那些瘟生，不和妳生活一輩子：妳只是掏他一點臭錢，虛心假意應付那一點兒工夫，又何必管他粗細黑白。

老闆娘的話就是法律、就是命令，不能不聽。她年輕時也靠皮肉過活；年紀大了，積蓄點兒錢，使用各種方法，收留了像她這樣的六個女孩子，做起老鴇。如果不聽她的命令，準有巴掌、皮鞭、木棍好吃——傻的時代過去了，余四巧已把老闆娘的米湯灌足，不會挨打受罵。老闆娘認她做女兒，她也媽媽長、媽媽短叫得滿親熱。老闆娘說，幾年後退休，便要把這「梅園」讓四巧繼承，獨掌大權。這的確很滑稽，「梅園」未來的老闆娘，大清早要去教堂做禮拜。

她往回家的路上走。周末的客人又多又野，平時她總要睡一個上午，才爬起來吃午飯；昨晚把鬧鐘的鈴聲開足，針尖指在八點上。「滴鈴……鈴……」的響聲叫醒她，壓馬路，眞是。

迎面來了兩個女人，白白胖胖的，樣兒很像。年歲兒相差十七八，似母女，也像姊妹，互挽手臂邊走邊談。年輕的胸口抱著厚厚的《聖經》、讚美詩。她赧然地低下頭擦肩而過。她們純潔如天仙，而她……，她怎能和她們同進教堂？

跟著的是穿夾克的青年、穿灰色長袍的老頭、穿學生制服的少女……那種莊嚴和自信的態度，一看就知道是虔誠的教徒。

這教堂眞怪，多少地方不砌，偏偏要建在這風化區的附近。余四巧來的時候，就看到尖頂的鐘樓、穹窿形的屋頂。她不知道是先有教堂，還是先有那骯髒地方。難道是教堂選擇這汙穢的地區，專來拯救地獄裡的靈魂？

不稀奇，一點兒都不稀奇。因爲這裡人口多，商業興盛，交通發達。這兒有大的廟宇、戲劇、醫院、美容院、百貨店、香燭店……爲什麼不可以有教堂。

想得是太多了。她該趁大夥兒沒有起床的時候，鑽進被窩，免得姊妹們問長問短，自己回答不上。

什麼？是熟悉的面孔。趕緊低頭躲避。被熟人看見，笑話就傳遍風化區；白天進教堂，夜晚接客人——啊，愈走愈近。原來是昨晚上還見面的熟客人。他和她在一起的時候，說有多下流，就有多下流。可是，現在他穿鐵灰色筆挺西裝，襯衫的領潔白，領帶的三角形結堅硬光滑。小臂也拐住大大小小的書本。抬頭挺胸，撐硬脊粱向前走。

他的目光和她的視線相觸，已見到她而且認識她了。離開那鬼地方，不能嘻皮笑臉，就要裝成淑女貴婦似的端莊高雅。她今天穿的是素色的淺藍洋裝，黑高跟鞋，乳白色皮包，誰能挑剔她的打扮不是。如果不知她底細，準以爲她是一品婦人，或者是總經理太太。若是碰到瞎了眼的男人，說不定還以爲她是一個正在讀大學的女生哩……

胡說。她該向這熟客打個招呼。

她微笑，微微點頭：「您早！」

那人急速轉頭，看馬路中間嘶嘶駛過的汽車。流線型的墨綠色車上，坐一個慵懶得似未睡醒的少婦。

不，余四巧看得出：他不是看汽車，也不是看少婦；而是想避開她，裝作不認識她。現在他是高貴的紳士，怎會和妳這個娼婦答腔。妳認識他——認識他每根骨骼和下流的那股勁，但不曉得他的姓名和職業。他告訴妳的全是謊話。沒有聽；聽後隨即忘記。

熟客扭動頸子，仍被她的目光擒住。像突地愣了一下，勉強擠出半截音符：「早。」接著便大步跨向前。但四巧覺得這是個難得的機會，有熟人陪伴她一道進教堂，不懂的事可以隨時請教；還不會感到羞澀和尷尬。

她猛地旋轉肢體，急跑兩步問：「您是去教堂？」

「妳問這個，是什麼意思？」

「我……我想……」她心中想說的話，在舌尖連連打滾。「請您和我一道——」話說不下去了。那人臉上的神情轉變得太快。是輕蔑加上嘲諷，並且還加一個滑稽的動作。

「妳也去教堂？」他失聲大笑，頭仰向天空，脖子上的青筋根根暴起。「有意思！有意思！」笑聲摜在他背後，沒有再說什麼，便踉蹌地隨著笑聲跑了，撇她在路旁。憤懣和羞愧塡塞在四巧的胸腔。他有什麼資格輕視她，她不是天生的賤人，本可以和別人一樣地過正常生活：讀書、升學、結婚、生子……只是嫌念書太辛苦、太呆板，沒有做事那樣自由，能夠賺錢。中學念了二年半，忍耐不住，等不及拿那張文憑，便去一家大百貨店當店員，想不到做店員比讀書還苦。成天站著不算，還要強裝笑容，而賺的錢才那麼一點點。做了一個禮拜，和她比較談得來的同事阿蘭辭職，她也跟著阿蘭轉進賺錢多的咖啡室當女招待。阿蘭比她年齡大，見識廣、主意多。她又隨著阿蘭由吧孃轉充酒女，再進入「梅園」。阿蘭手段高明，抓住一個男人結婚；而她在人肉市場打滾，也感到厭惡；那掛布帶的既然說她有罪，她想進教堂，聽聽上帝如何說法；那個下賤的男人，雖然沒有明白說出「妳也去那兒！」但那比明說還要重千百倍的輕視態度，實在無法忍受。

好吧！她要跟他一道去。

四巧走向教堂時，脖頸也挺得很硬，膝蓋也伸得很直。她陷在地獄裡，是因爲自己有一個不正當的職業。那男人生活在天堂裡，爲什麼還要製造罪惡。既然他能嘲笑她，她也可以用同樣的態度給他侮辱。進了教堂，她要找一個鄰近他的座位，看他如何向上帝交代？

前前後後有不少人，寧靜、高雅，在巷內列成長串，走向教堂。

敞開的教堂門前，許多人堆著滿臉笑容，和每一個走近的人微笑、握手。那個她熟識的客人，和站在冬青樹旁的青年人，打了一個招呼，便昂頭踏著一層層青石台階，走進大門。像母女的兩個女人，和另外一個中年人道早安後，也跟著進去。還有不少人，踏著堅定、穩重的步伐，一個接著一個向內走。

可是，她怎麼辦？她不認識站在門口的任何人；而認識她的那位熟客，毫無拯救她的意思，顧自進去了。她的罪惡，諒必比別人大千萬倍，上帝不會饒恕她、赦免她，她還要進去幹什麼？

飛速地轉身回頭跑。再不要兜圈子壓馬路了，好好養精神，準備應付禮拜日。這還是賺錢最多的一天，怎能白白地放棄。如果那個熟客再來找她，不管他出多少錢，就是不接待，以報復他的無禮。

衝出巷口，街頭突然伸出一隻手拉住她。她停止喘息，定睛細看，才認出是分別一年多的阿蘭，想不到會在這場合相逢。

阿蘭擺出老大姊的神氣端詳她，詫異地問：「妳怎麼回頭走？」

這叫她怎樣回答，片刻間所想的和經歷的，一天都說不完；而且現在的阿蘭也不是談心腹話的對象。

「我……我……」她結巴地拖延時間，竭力思索搪塞的藉口。「我沒帶《聖經》。」

「走吧，我有。」阿蘭挺一挺圈住書本的胳膊。「我們談談別後的許多事。妳是幾時離開那個鬼地方的？」

四巧猛吃一驚。「一定要離開那個地方，才能到這兒來？」

「不要神經兮兮，我是隨便說說的。妳是有了打算，找到對象了吧？」

她又感到羞愧，耳根的高熱剎那間發散到脖頸、面龐。她又要向回走，但阿蘭的手臂緊緊絞住她，而且站在門前的青年人（和那熟客打過招呼的），正向她倆彎腰微笑。阿蘭點頭，她也跟著胡亂地簸動腦殼，不容許她再向後撤退。

他們爬升石階時，阿蘭又說：「妳大概是第一次進教堂，有點不習慣，來久了就習慣了。」

余四巧沒有得及回答，已踏進大門：同時她正深深地思索，這教堂建在這風化區附近，到底是爲了什麼。或許進了大門，就知道正確的答案了。

蔡文甫作品一覽表

書名	性質	出版社	出版日期	備註
解凍的時候	短篇小説	香港：東方文學社	一九六三年九月	
		台北：九歌出版社	一九八〇年一月	
		台北：九歌出版社	二〇〇八年三月	改版本
女生宿舍	短篇小説	馬來西亞：曙光出版社	一九六四年一月	
		台北：九歌出版社	一九八二年二月	
		台北：九歌出版社	二〇〇二年八月	改版本
沒有觀衆的舞台	短篇小説	台北：文星書店	一九六五年七月	
		台北：九歌出版社	一九八〇年七月	
飄走的瓣式球	短篇小説	台中：光啓出版社	一九六六年八月	
愛的迴旋	短篇小説	台北：九歌出版社	一九八三年七月	原名飄走的瓣式球

雨夜的月亮	長篇小說	台北：皇冠出版社	一九六七年八月	
		台北：九歌出版社	一九七九年七月	
		台北：九歌出版社	二〇〇二年六月	改版本
		美國：詹姆士出版社	一九九九年八月	英譯本
霧中雲霓	短篇小說	台北：仙人掌出版社	一九六九年十一月	
		台北：九歌出版社	一九八二年三月	
磁石女神	短篇小說	台北：廣文書局	一九六九年十一月	
		台北：九歌出版社	一九八七年十月	
玲玲的畫像	中篇小說	台北：世界文物出版社	一九七二年九月	
		台北：九歌出版社	一九八五年八月	
移愛記	短篇小說	台北：學生書局	一九七三年三月	
		台北：九歌出版社	一九八四年七月	
蔡文甫自選集	短篇小說	台北：黎明文化公司	一九七五年五月	
舞　會	短篇小說	台北：華欣文化中心	一九七六年五月	
		台北：九歌出版社	一九七六年五月	
變奏的喇叭	小小說	台北：源成文物供應中心	一九七七年二月	

變奏的戀曲	小小說	台北：九歌出版社	一九九一年十月	原名變奏的喇叭
愛的泉源	長篇小說	台北：華欣文化中心	一九七八年三月	
		台北：九歌出版社	一九九五年四月	
中國名人故事	兒童小說	台北：九歌出版社	一九八三年三月	編入「九歌少兒書房第一集」
船夫和猴子	短篇小說選	台北：九歌出版社	一九九四年十一月	配合英譯版本
		美國：詹姆士出版社	一九九四年十一月	英譯本
閃亮的生命（編）		台北：九歌出版社	一九七八年三月	
閃亮的生命散文選（編）		台北：九歌出版社	一九七八年十月	
阿喜阿喜壞學生（編）	兒童故事	台北：九歌出版社	一九八九年七月	
找對醫生看對病	醫學常識	台北：健行出版社	一九九四年六月	與丁華華合編
天生的凡夫俗子	傳記	台北：九歌出版社	二〇〇二年十月	
——從0到9的九歌傳奇			二〇〇五年九月增訂	

蔡文甫作品集①

解凍的時候

作　　者：蔡　文　甫
發 行 人：蔡　文　甫
發 行 所：九歌出版社有限公司
臺北市八德路3段12巷57弄40號
電話／02-25776564・傳眞／02-25789205
郵政劃撥／0112295-1
九歌文學網：www.chiuko.com.tw
登 記 證：行政院新聞局局版臺業字第1738號
印 刷 所：崇寶彩藝印刷有限公司
法律顧問：龍躍天律師・蕭雄淋律師・董安丹律師
初　　版：1980（民國69）年1月10日
增訂初版：2008（民國97）年3月10日
（本書曾於民國52年由香港東方文學社出版）

定　價：250元

ISBN 978-957-444-470-0　Printed in Taiwan

國家圖書館出版品預行編目資料

解凍的時候／蔡文甫著. — 增訂初版.
— 臺北市：九歌，民97.03
面；　公分. —（蔡文甫作品集；1）
ISBN　978-957-444-470-0（精裝）

857.63　　97000316